Het geheim van Lina & Lotte

Andere boeken in deze reeks
Loulou in love
Zilt
Bekentenissen van de teenage underground

Andere boeken van Corine Naranji
Lina & Lotte
Alles is anders

Corine Naranji

Het geheim van Lina & Lotte

Clavis

Voor Isabelle

Corine Naranji
Het geheim van Lina & Lotte
© 2008 Clavis Uitgeverij, Hasselt – Amsterdam
Foto omslag: Adobe Stock Photos
Omslagontwerp: Studio Clavis
Trefw.: multiculturele samenleving, islam, vriendschap, liefde, geheim, chantage
NUR 283
ISBN 978 90 448 0864 3
D/2008/4124/033
Alle rechten voorbehouden.

www.clavisbooks.com
www.corinenaranji.nl

Dit boek is gedrukt op papier met een certificaat
van de Forest Stewardship Council,
die verantwoord bosbeheer stimuleert.

Mixed Sources
Productgroep uit goed beheerde bossen
en andere gecontroleerde bronnen
www.fsc.org   Cert no. SCS-COC-001256
© 1996 Forest Stewardship Council

1 *Lotte zwijgt*

Woensdag 11 april

Een wekker heeft Lina niet nodig. Zoals iedere ochtend duwen en trekken vier handjes aan haar schouders. Lina wil de tweeling al kribbig van zich afduwen, maar dan lacht ze en stoeit even met Suja en Fahti, want ineens dringt het tot haar door: het is woensdag! Dat betekent dat ze vanmiddag Robin zal zien in de bibliotheek. Ze hebben om vier uur afgesproken.

Al drie woensdagmiddagen hebben ze tussen vier en vijf dicht naast elkaar gezeten in de leeszaal en zachtjes met elkaar gepraat. Waarover? Lina zou het niet eens meer weten. Beetje babbelen, beetje plagen, beetje grapjes maken … Het is niet belangrijk. Wel de warmte van zijn hand op de hare. Zijn arm om haar schouder. Zijn knie die de hare raakt. Zijn blauwe ogen die haar niet loslaten. Zijn aanstekelijke lach. Zijn sluike blonde haar dat hij steeds naar achteren duwt.

Maar altijd als ze zo in elkaar verzonken onder het licht van de grote bollamp aan de leestafel zaten, was daar die angst. Steeds als er iemand binnenkwam, keek Lina schichtig om. Was het niet haar broer? Achmed? Of een van zijn vrienden?

Ze weet dat Achmed haar in de gaten houdt. Hij insinueert dat ze een vriendje heeft, ook al beweert ze bij hoog en bij laag dat het niet zo is. Het lijkt wel alsof hij het aan haar gezicht kan zien, dat ze gelukkig is, dat ze verkering heeft. Daarom durft ze alleen maar op woensdag naar de bieb te gaan, met de smoes dat ze een werkstuk moet maken. Sinds kort heeft haar broer woensdag na de middag een baantje in een coffeeshop. Maar toch is Lina er niet gerust op, hij is in staat een vriend langs te sturen om te controleren of ze wel de waarheid spreekt. Haar vader zal niet komen, daar hoeft ze niet bang voor te zijn. Die weet niet eens waar de bibliotheek is.

Terwijl Lina zich aankleedt, blijft Robin in haar gedachten. Ze wisselt drie keer van trui en broek voor ze tevreden is. Voor de spiegel in de badkamer inspecteert ze haar gezicht. Gelukkig, geen enkele pukkel te zien. Gisteravond heeft ze haar haar gewassen en geföhnd, zodat het nu vol en glanzend om haar hoofd golft. Jammer dat ze geen make-up mag gebruiken van haar ouders. Maar Robin heeft gezegd dat ze de mooiste ogen heeft van alle meiden van school, dus mascara heeft ze niet nodig.

Een tijdje geleden vroeg Lotte of ze nog steeds niet écht gezoend hadden.

'Ja, hè, zeker een potje tongen in de bieb? Dacht het niet!' had Lina meteen geroepen. Maar ze voelde zich toen wel een kleuter. Wat is nou verkering zonder zoenen, als je veertien bent. Konden Robin en zij maar eens echt samen zijn, een hele middag, ergens waar niemand hen kon zien. Daar droomt ze vaak van, maar het zal wel een droom blijven. Op school houdt haar broer haar voortdurend in de gaten en ook op de weg naar huis kan ze door hem gezien worden, of door zijn vrienden, die alles onmiddellijk aan hem overbrieven. Na school moet ze trouwens meteen naar huis. Alleen als ze een opdracht heeft waar een computer voor nodig is, mag ze naar Lotte of de bibliotheek. Inwendig moet Lina grinniken. Dat haar ouders niet eens in de gaten hebben dat je echt niet iedere week zo'n taak hebt!

Als ze tegen halfnegen haar fiets in de stalling naast het schoolplein heeft gezet, loopt Lina meteen naar Lotte. Onmiddellijk ziet ze dat het niet goed gaat met haar vriendin. Lotte zit ineengedoken op het muurtje bij de fietsenstalling, met haar ellebogen op haar knieën en haar hoofd in haar handen. Wezenloos staart ze voor zich uit.

Als Lina dichterbij komt, kijkt Lotte haar even aan, maar ze zegt niets. Haar oogleden zijn gezwollen en ze heeft vlekken in haar gezicht alsof ze gehuild heeft. Haar haren hangen slordig langs haar gezicht. Geen speldjes, geen paardenstaart, vandaag heeft ze niets gedaan aan haar trotse bezit: haar lange blonde haar. Ze heeft een grote donkerblauwe coltrui aan waarin ze wel weg lijkt te kruipen. Niks voor Lotte. Ze draagt altijd hippe kleren.

Lina probeert nooit te laten merken dat ze daar jaloers op is. Nu het voorjaar is, zou ze ook graag rokjes en mouwloze topjes dragen, maar het mag niet van haar vader. Sinds kort moet ze ook de *hijab* om, de grote hoofddoek die al haar haren verbergt. Maar haar ouders weten niet dat ze de hoofddoek op school afdoet en in haar tas stopt tot ze terug naar huis gaat. In de pauze let ze goed op of haar broer in de buurt is en zodra ze hem ziet, speelt ze wat met de doek, alsof ze hem opnieuw zal omslaan. Ze haat hoofddoeken en verhullende kleding. Ze haat het dat ze door haar vader beschouwd wordt als een gehoorzaam islamitisch meisje, terwijl ze dat helemaal niet wil zijn. Bovendien begrijpt ze niet wat de bedoeling is van de hijab.

'Hé, Lot, is er iets? Het lijkt wel of je gehuild hebt,' zegt Lina.

Lotte opent haar mond alsof ze iets gaat zeggen, maar dan knijpt ze haar lippen stijf op elkaar. Haar gezicht gaat op slot.

'Nou, wat is er? Is er iets gebeurd of zo? Ben je soms ziek?' houdt Lina aan. 'Je kunt het toch wel vertellen?'

Ze legt even haar hand op Lottes schouder, maar Lotte schudt die van zich af en pakt haar rugzak van de grond. Met grote passen loopt ze weg, alsof ze boos is op Lina. Lina staart haar verbouwereerd na. Wat is er aan de hand?

Eigenlijk is Lotte al een dag of tien wat afstandelijk, bedenkt Lina. Ze wil ook niet dat Lina bij haar komt om samen huiswerk te maken. Toen Lina vroeg waarom ze daar geen zin meer in had, antwoordde Lotte vaag: 'Och, dat doen we binnenkort nog wel een keer.'

Lina weet dat er bij haar vriendin thuis problemen zijn. Haar vader is sinds kort werkloos en het ziet er niet naar uit dat hij snel een nieuwe baan zal vinden. Misschien heeft hij weer tevergeefs gesolliciteerd, Lotte trekt zich dat erg aan. Of is het Lina's schuld dat haar vriendin de laatste tijd zo uit haar doen is? Ze piekert over wat ze verkeerd kan hebben gezegd of gedaan, maar ze kan niets bedenken. Zou Lotte vinden dat ze te veel aandacht heeft voor Robin? Is ze jaloers? Nee, ze leefde juist erg mee met haar en Robin. Het moet iets anders zijn dat haar hindert. Maar wat?

In de klas zitten Lina en Lotte naast elkaar. Lotte legt haar spullen op tafel en blijft roerloos zitten tot de les begint. Lina schuift wat heen en weer op haar stoel en kijkt af en toe opzij om te zien of Lotte iets wil zeggen. Maar er gebeurt niets, ze lijkt wel lucht voor Lotte. Nou, dan niet, denkt Lina, ineens geïrriteerd. Ik ga niet blijven zeuren, je zoekt het maar uit. In de kleine pauze verlaat ze dan ook zo snel mogelijk de klas en kijkt niet om of Lotte haar volgt.

Beneden op het plein ziet ze Robin staan en dat geeft haar meteen een goed gevoel. Hij lacht naar haar en ze lacht terug, en bijna onmerkbaar zwaait ze even naar hem. Hij steekt vier vingers in de lucht: vier uur!

Zolang Achmed in de buurt is, durft ze niet naar Robin toe te lopen en hij niet naar haar. Haar broer staat bij het hek te roken met een paar vrienden en zoals iedere dag houdt hij haar nauwlettend in het oog.

Cindy en Sandra komen aanslenteren.

'Hé, Lien, weet jij wat er aan de hand is met Lotte? Moet je haar zien zitten daar op dat muurtje. Hebben jullie ruzie of zo?' vraagt Sandra. 'Ons wil ze niks vertellen.'

'Nee, helemaal niet, maar ze zegt ook niks meer tegen mij,' antwoordt Lina.

'Daar staat haar broer, vraag het hem anders eens,' zegt Cindy.

'Oké,' zegt Lina, en ze loopt op hem af.

'Hoi, Victor. Weet jij wat Lotte mankeert?' vraagt ze.

'Hoezo?'

'Nou, ze ziet er zo triest uit en volgens mij heeft ze gehuild. Maar ze blijft daar gewoon zitten en wil niks van ons weten.'

'Nou, maak je maar niet druk,' antwoordt Victor, 'ze heeft gewoon een pestbui. Vanochtend wilde ze geen ontbijt. Ze bleef op haar kamer tot mijn moeder riep dat ze snel moest zijn als ze nog op tijd op school wilde komen. Toen rende ze de trap af en floepte de deur uit. Dat gebeurt nogal dikwijls de laatste tijd … Maar die trekt wel bij, hoor.'

'En gisteravond?' vraagt Lina.

'Niks aan de hand, onder het eten zei ze dat ze naar de koopavond van de Bijenkorf zou gaan. Toen ik thuiskwam van handbal, lag ze al in bed.' Hij trekt zijn schouders op. 'Nou ja, misschien heeft ze een beetje pech in de liefde? Dat kan toch?'

Lina schudt haar hoofd. 'Nee, hoor, dat zou ze mij wel vertellen!' Daarna loopt ze terug naar Cindy en Sandra, die ondertussen al over iets anders aan het praten zijn.

De rest van de dag blijft Lotte zwijgen. 's Middags komt ze niet bij haar vriendinnen aan tafel zitten, maar schuift aan bij een paar meisjes uit een hogere klas. Ze kijkt Lina geen ogenblik aan en na de bel van halfvier staat ze op en loopt snel de klas uit zonder iets te zeggen.

2 Waarom stiekem?

Robin is er al, ziet Lina. Hij zit met zijn rug naar haar toe en ze weet zeker dat hij helemaal niet geïnteresseerd is in het tijdschrift dat voor hem op de leestafel ligt. Nu ze hem zo ziet zitten wachten op haar, wordt ze helemaal warm vanbinnen. Ze haast zich naar hem toe, slaat haar armen om zijn hals en houdt haar handen voor zijn ogen.

'Rara, wie ben ik?'

Hij staat lachend op en geeft haar een zoen op haar wang.

'Tof dat je weer kon komen,' zegt hij.

Maar dan klinkt zijn stem ineens serieus.

'Moet je luisteren, Lina, ik heb nagedacht. Het is toch eigenlijk idioot dat wij nog steeds niet samen naar de bieb kunnen fietsen. We moeten ons niet meer verstoppen. Het wordt tijd dat we ons normaal met zijn tweeën in de stad kunnen vertonen en op school met elkaar kunnen praten. Je moet het eindelijk maar eens vertellen aan je broer, dat wij verkering hebben. En als jij het niet durft, laat je mij het maar doen. Het is toch heel gewoon? Ik ben vijftien, hoor. Zo kunnen we niet langer doorgaan, toch? Ik ben het echt zat. Altijd opletten dat je niet bespioneerd wordt, daar word je helemaal gestoord van! Of niet soms?'

Onthutst schuift Lina naast hem aan tafel. Daar heb je het al, denkt ze. Eigenlijk was ze er al een beetje bang voor dat Robin genoeg zou krijgen van hun stiekeme afspraakjes in afwachting van betere tijden. In ieder geval tot Achmed van school af is.

'Kon ik dat maar,' zegt ze zacht, 'praten met Achmed. Geloof me, dat gaat niet. Of ik het vertel of jij, dat maakt niks uit. Jij kent hem niet. Hij zal verschrikkelijk tegen me tekeergaan, als hij me al niet in elkaar slaat. En het ergste is dat hij het direct aan mijn vader zal doorvertellen en dan kan ik beter meteen het huis uit vluchten. Je bent toch nog niet vergeten wat er de vorige keer gebeurd is, toen ik stiekem naar het schoolfeest ging? Nou ja … natuurlijk ben je die avond niet vergeten.'

Ze moet even glimlachen als ze terugdenkt aan die avond waarop zij en Robin elkaar voor het eerst lieten zien dat ze verliefd waren op elkaar. De avond waarop ze met hem gedanst had en hij haar op haar wang gekust had. Ze was intens gelukkig op dat moment, maar haar geluk duurde niet langer dan een halfuur. Toen ze thuiskwam, had haar vader haar zo erg mishandeld, dat ze gevlucht was en zich op school verstopt had. De volgende dag had ze wanhopig de politie gebeld.

'Natuurlijk ben ik dat niet vergeten. Maar er is toch iemand bij jullie thuis geweest van Jeugdzorg of zoiets, om te praten met je ouders? Helpt dat dan helemaal niet?'

'Ja, er is een maatschappelijk werker bij ons op bezoek geweest,' zucht Lina, 'een paar keer. Maar mijn ouders baalden daar enorm van. Ze vonden het verschrikkelijk, een vreemde die zich met ons bemoeit. Zoiets is niks voor hen, dat hoort niet in onze cultuur. Oké, mijn vader zal me niet zo gauw meer mishandelen zoals toen, dat laat hij wel uit zijn hoofd. Maar verder blijft hij even streng, hoor. Ik mag absoluut geen verkering hebben, maar dat weet je al.'

En over vier jaar moet ik met mijn neef Jafar trouwen, denkt ze, en daar verandert ook niets aan. Maar dat laatste houdt ze angstvallig voor zichzelf.

Robin zegt niets. Hij knikt alleen maar teleurgesteld.

'Er is iets met Lotte,' verandert Lina snel van onderwerp. 'Ze deed echt raar vandaag. Je kon zien dat ze gehuild had en ze heeft de hele dag niets gezegd. Het was net of we ruzie hadden, maar dat is niet zo.'

Robin klikt afwezig met zijn tong. 'Ach ja, meiden, hè …'

Daar wil hij het duidelijk niet over hebben. En dat begrijpt Lina wel. Speels geeft ze hem een duw. 'Ja, en jongens begrijpen meiden niet.'

Ze drinken een glas cola en bladeren lusteloos in wat tijdschriften. Ze zeggen niet veel meer. Het is niet zoals anders, minder knus. Er wringt iets tussen hen.

Als ze om vijf uur naar buiten lopen, vraagt Robin: 'Zullen we nou gewoon samen wegfietsen? Tot het kruispunt? Moet kunnen, toch?'

Lina schrikt. 'O nee! Durf ik niet. Echt niet. Misschien later.'

'Oké, dan niet,' zegt Robin kortaf. Hij buigt zich over zijn fiets en maakt zijn slot open. Lina staat besluiteloos toe te kijken, ze weet ineens niets meer te zeggen.

'Denk er nou eens over na, hè,' zegt Robin. Hij stapt op zijn fiets, zwaait nog even en rijdt dan weg.

Verdrietig knoopt Lina haar hoofddoek om en fietst naar huis. De dag was zo hoopvol begonnen en nu zijn er ineens problemen. Lotte trekt zich terug alsof ze ruzie hebben en Robin krijgt genoeg van hun stiekeme gedoe. Als het nou maar geen reden voor hem is om het uit te maken …

Als ze thuiskomt, rent Lina meteen de trap op naar haar kamertje. Daar haalt ze haar agenda uit haar tas en schrijft met grote letters: ☹! *Lt???* ☹! *Rn: bg prb!* ☹ ☹ ☹! *Ik bl!*

Ze hoopt dat niemand kan raden dat er staat: *Wat is er met Lotte? Robin: big problem! Ik baal!*

Eigenlijk zou Lina dolgraag een dagboek hebben, zodat ze haar gedachten uitgebreid op papier kan zetten. Maar dat durft ze niet. De angst dat haar broer of vader het dagboek vindt, is te groot, ook al komen ze eigenlijk nooit op haar kamer. Bovendien is haar moeder begonnen met lessen Nederlands. Een dagboek zou voor haar voorlopig nog wel veilig zijn, maar niet voor lang. Haar moeder leert snel bij en binnenkort kan ze alles lezen. Dus houdt Lina het maar bij het geheimschrift in haar agenda.

Ze heeft haar agenda nog niet in haar tas opgeborgen, of de twee-ling komt alweer binnenstuiven. Ze trekken aan haar mouwen.

'Li-na-a! Kom nou naar beneden! Je moet ons voorlezen!'

Haar moeder roept vanuit de keuken dat ze de tafel moet komen dekken.

'Nee! Nee! Ik kom niet! Ik heb nooit eens tijd voor mezelf!' roept Lina boos. Ze duwt haar zusjes de kamer uit en trekt met een klap de deur dicht.

Maar als ze beneden de tweeling hoort krijsen en haar moeder blijft roepen dat ze moet komen helpen, gaat ze met zware voeten de trap af en begint zwijgend aan haar dagelijkse klusjes.

3 Groot nieuws

'Zie je nog steeds niets aan mij?' vraagt Lina's moeder ineens als ze na het eten samen staan af te wassen. Lina was met haar gedachten niet bij de afwas en niet bij haar moeder. Ze heeft genoeg om over te piekeren onder het afdrogen.

'Wat moet ik dan zien?' vraagt ze weinig geïnteresseerd.

'Nou, kijk eens goed naar mijn buik.'

Lina schrikt van haar moeders woorden. Ze had al een vermoeden, haar moeders buik ziet er de laatste tijd wat dikker uit, maar ze had haar er nog niet naar durven vragen en ze hoopte dat het niet waar zou zijn. Eigenlijk wil ze het niet eens weten.

'Jaja,' glimlacht haar moeder met een tevreden tikje op haar buik. 'Jullie krijgen nog een broertje of zusje. Vind je dat niet leuk?'

Lina schokschoudert. Vreselijk! Ook nog een baby in huis! Leuk is anders. En ze voelt schaamte. Haar ouders die een baby krijgen. Ze gaan dus nog met elkaar naar bed, op hun leeftijd ... Daar wil ze helemaal niet aan denken.

'Nee,' zegt ze boos. 'Dat vind ik helemaal niet leuk. En op jullie leeftijd, dat is toch raar. Ik ben al veertien, wat zullen ze op school wel niet zeggen. En we hebben het al druk genoeg met die twee daar.' Ze wijst naar de bank in de kamer waar Fahti en Suja op de bank tegen elkaar aan hangen en tv kijken. Ze hebben ieder een zakje chips gekregen, zodat ze rustig blijven.

Haar moeder buigt zich verontwaardigd over de afwasbak en schrobt hard op de braadpan. De spetters springen hoog op. Maar dan moet ze toch lachen om de woorden van haar dochter. Ze laat de borstel rusten in het sop en zegt: 'Oud? Ik ben nog maar vijfendertig. Dat is heel jong, hoor, de vrouwen hier krijgen op die leeftijd vaak pas hun eerste kind. Ik ben jong begonnen met kinderen.'

'Wanneer komt het?'

'Over vijf maanden, half september.'

Haar moeder kijkt haar verwachtingsvol aan en ineens begrijpt Lina hoe belangrijk deze nieuwe zwangerschap voor haar moeder is. Ze moet haar feliciteren, dat hoort zo. Ze legt de theedoek weg en omhelst haar moeder, half geveinsd, half gemeend.

'Nou, gefeliciteerd, moeder. Ik hoop dat het een gezond kindje wordt. Hoe vindt vader het?' vraagt ze dan.

Haar vader is al vijftig, dat is toch veel te oud om weer vader te worden.

'Hij is blij en hij hoopt op een jongen, natuurlijk.'

'En Achmed?'

'Dat weet ik niet, we hebben het hem nog niet verteld.'

Lina knikt. Ik weet wel wat hij ervan zal vinden, denkt ze. Dan wil hij direct het huis uit. Hij klaagt nu al voortdurend over de kleintjes, dat ze lawaai maken, dat ze aan zijn spullen zitten, dat hun huis veel te klein is, dat hij wel een kamer gaat zoeken in de stad ... Dat is een lichtpuntje, beseft ze ineens: Achmed de deur uit! Dat zou geweldig zijn en dan liefst heel ver weg, naar een andere stad. Die gedachte maakt haar helemaal blij.

Ze geeft haar moeder spontaan nog een kus. 'Het is toch wel fijn, hoor, nog een kindje bij ons. Ik zou een broertje wel leuk vinden.'

Haar moeder kijkt verrast opzij.

'Zie je wel!' zegt ze.

Donderdag 12 april

Normaal zou Lina het grote nieuws onmiddellijk aan haar vriendin vertellen en er dan over klagen, natuurlijk. Maar Lotte is de volgende dag nog steeds ongenaakbaar. De les is al begonnen als ze de klas binnenglipt en in de kleine pauze trekt ze zich weer terug op haar plekje bij de fietsenstalling, weggedoken in haar grote trui. Ze wil niet dat iemand haar aanspreekt.

Lina begint zich echt zorgen te maken en spreekt Cindy en Sandra erover aan. Maar die begrijpen ook niets van Lottes eigenaardige gedrag.

'Ze gedraagt zich al een tijdje anders,' zegt Cindy. 'Maar nou doet ze echt raar ... Ik snap niet waarom ze ons niet wil zeggen wat er is. Normaal flapt ze er alles uit.'

'Laten we haar maar even met rust laten,' zegt Lina ten slotte, 'tot ze zelf haar mond opendoet.'

Over het feit dat ze een broertje of zusje zal krijgen, zwijgt ze tegen Cindy en Sandra. Ze schaamt zich te veel over haar moeders zwangerschap. Met Lotte zou het anders zijn. Ze hebben geen geheimen voor elkaar, tenminste tot nu toe. Daarom is het onbegrijpelijk dat Lotte nu ineens niets zegt, juist nu ze Lina nodig lijkt te hebben. En Lina heeft Lotte nodig om haar advies te vragen. Hoe kan ze voorkomen dat Robin het uitmaakt?

Dan ziet ze Robin lopen. Het liefst zou ze naar hem toe rennen, haar armen om zijn hals slaan en hem kussen. Dat zou ze nooit durven, natuurlijk. Maar gewoon een praatje met hem maken? Nee, Achmed staat op zijn vaste plek bij het hek en houdt haar in de gaten, dat weet ze zeker. Ze loopt wat meer in de richting van Robin en staart net zo lang naar zijn rug tot hij zich omdraait. Onzeker glimlacht ze naar hem en steekt haar hand op.

Lacht hij nou? Of niet? Hij draait zich alweer om. Heeft hij haar nou gezien of niet. Het is ook zo druk op het schoolplein. Snel loopt ze de andere kant op.

Als de bel gaat, blijft ze net zo lang talmen tot ze Lotte ziet opstaan. Ze wacht tot Lotte naar binnen gaat en zorgt ervoor dat ze vlak naast haar loopt. Ze pakt haar bij haar arm, maar Lotte schudt haar hand onmiddellijk van zich af en loopt snel door.

Lina krijgt er tranen van in haar ogen. Is hun vriendschap nu voorbij?

's Middags in de kantine komt Lotte weer niet bij hen aan tafel zitten. Ze is nergens te zien. Lina gaat even kijken of ze misschien buiten is. En inderdaad, Lotte zit op haar vaste plek. Aarzelend gaat Lina naar haar toe.

'Lotte? Wat is er nou aan de hand?' vraagt ze terwijl ze naast haar gaat zitten. 'Als je boos bent, moet je het gewoon zeggen.'

Lotte staat op en loopt weg.

Stomme trut, wil Lina roepen, maar ze houdt zich in. Ze roept alleen: 'Nou, dan niet, hè!'

Vlak voor het einde van het laatste lesuur pakt Lina een kladblaadje en schrijft: *Lotte, waarom praat je niet met mij? Wat is er toch? Ben je boos? Schrijf dan op waarom!* Ze schuift het briefje naar Lotte toe.

Lotte reageert niet. Ze doet alsof ze het briefje niet eens ziet en blijft strak naar de leraar Nederlands kijken alsof ze erg geïnteresseerd is in de onregelmatige werkwoorden die hij op het bord schrijft.

Na school is Lotte meteen verdwenen. Lina ziet Victor lopen en vraagt hem of hij al ontdekt heeft wat er met zijn zus aan de hand is.

'Nee,' zegt hij, 'maar gisteravond was ze niet te genieten. We werden helemaal gek van haar chagrijnige gedoe. Mijn vader was boos en stuurde haar om acht uur naar bed en vanochtend is ze weer zonder ontbijt vertrokken.'

'Probeer jij eens met haar te praten vanavond,' zegt Lina. 'Of vraag aan je ouders dat ze met Lotte praten, want dit is echt niet normaal, hoor.'

Ineens schiet er iets door haar heen. Ze slaat haar hand voor haar mond bij de vreselijke gedachte. 'Ze zal toch niet verkracht zijn of zo?'

Victor lacht. 'Doe normaal, zeg, waar zou dat dan gebeurd moeten zijn? Ze komt nooit op een onveilige plek.'

Nee, het is een dwaze gedachte, denkt Lina, maar toch. Lotte is wel in haar eentje naar die koopavond van de Bijenkorf geweest. Er moet toen toch iets gebeurd zijn. Maar waarom houdt ze haar vriendin erbuiten? Er klopt iets niet.

'Victor, ik zou toch maar eens met je ouders praten.'

'Zal ik doen!'

Als Lina thuiskomt, staat de tv tot haar verbazing niet keihard te loeien. Het is weldadig stil in huis. De tweeling ligt op de grond met een groot kleurboek en potloden, terwijl haar moeder op de bank zit te breien. Al zeker vijftien centimeter wit breiwerk hangt aan de pennen.

'Ik brei een truitje voor ons nieuwe kindje,' zegt ze met een gelukzalige glimlach. 'Ik heb het geleerd in het buurthuis, bij de vrouwenclub. Kijk eens, wordt mooi, hè. Ik heb de katoen gekocht op de markt en ik kreeg er gratis een kleurboek met potloden bij. Leuk, hè.'

Lina is echt verrast. Het lijkt wel alsof haar moeder, die altijd zo somber is, helemaal opleeft nu ze zwanger is. En gelijk verandert de sfeer in huis. Als dat zo blijft, wordt alles anders. Misschien dat haar vader dan ook wat liever doet tegen haar moeder. Want altijd snauwt hij. Altijd commandeert hij haar alsof ze een bediende is. Het gekke is dat haar moeder daar niet boos om wordt. Ze accepteert het alsof het zo hoort. Nou, ik zou zoiets nooit pikken, denkt Lina. Ik kijk wel uit als ik later getrouwd ben. Met Robin.

Met Robin? Met Jafar, zul je bedoelen, zegt een klein stemmetje in haar hoofd. Maar die gedachte duwt ze onmiddellijk weg.

In haar agenda schrijft ze vandaag: *Bg prbs!* ☹ *Rn* ☹ *en* ☹ *Lt* ☹

Dan aarzelt ze. De baby die haar moeder gaat krijgen, is dat een treurige of toch een lachende smiley? Ze is er zelf niet zeker meer van, dus wordt het: ☺*!! Baby* ☹*!!*

4 Nog altijd bang en er klopt iets niet

Vrijdag 13 april

'Je moeder heeft het je dus verteld.'

Lina staat buiten bij de voordeur klaar om naar school te gaan, als haar vader zijn hand op haar arm legt. Hij lacht haar goedhartig toe, wat niet vaak gebeurt.

Lina lacht vriendelijk terug.

'Ja, vader, ik weet het, we krijgen er een broertje of zusje bij.'

'En?' Hij trekt verwachtingsvol zijn wenkbrauwen op. 'Hoe vind je dat?'

'Wel leuk, hoor, maar ik moet even wennen aan het idee.'

Haar vader knikt bedachtzaam, kennelijk toch tevreden met haar antwoord.

'Denk eraan dat je je moeder extra helpt de komende tijd.'

Langer duurt hun gesprek niet. Het contact met haar vader blijft stroef. Zal daar ooit nog verbetering in komen? In ieder geval houdt hij tegenwoordig zijn handen thuis als haar woorden niet naar zijn zin zijn. Lina ziet dat het hem veel moeite kost, dat zijn handen vaak genoeg jeuken om haar, haar zusjes en zelfs haar moeder tot de orde te roepen. Ze ziet het aan het flitsen van zijn ogen en aan het verbeten samentrekken van zijn lippen.

Toch is er iets veranderd na de hartaanval die haar vader gehad heeft. Na de operatie en het verblijf in het ziekenhuis is hij wat milder geworden. Hij zit vaak zomaar wat rustig voor zich uit te kijken of in de Koran te lezen. Dat deed hij vroeger nooit. En soms lijkt het alsof hij met andere ogen naar zijn gezin kijkt. Zo trekt hij af en toe de tweeling naar zich toe om hen een knuffel te geven. Hij is vaker thuis en soms vraagt hij Lina zelfs hoe het op school gaat.

Tot haar grote verbazing heeft ze hem zelfs een keer met een stofdoek in de weer gezien toen ze thuiskwam. Hij had de prulletjes uit de vitrinekast op tafel gezet en veegde de glasplaatjes schoon. Als betrapt had hij haar toen aangekeken en onmiddellijk de stofdoek in haar handen gestopt. 'Doe jij het maar verder,' zei hij kortaf terwijl hij zijn sigaretten uit zijn zak haalde.

Terwijl ze naar school fietst, probeert Lina zich voor te stellen hoe haar vader zou reageren als ze hem over Robin zou vertellen.

'Vader, ik heb een vriendje. Ik vind hem heel erg leuk en hij heet Robin. Hij is bijna zestien jaar en hij zit een jaar hoger dan ik. Mag ik hem een keertje meebrengen?'

Wat zou het fijn zijn als haar vader zou zeggen: 'Dat is leuk, dochter. Natuurlijk mag je hem meebrengen. Ik wil graag kennismaken met die jongen.'

Maar zo zou het nooit gaan, ook al is haar vader wat aardiger geworden. Misschien zou het zo verlopen: 'Wat zeg je daar, dochter! Ga je om met een jongen? Je weet toch dat zoiets streng verboden is voor een islamitisch meisje. Laat ik het niet merken! Je mag nooit met hem samen zijn. Niet op school en niet daarbuiten! Heb je dat goed begrepen? Jij bent beloofd aan Jafar en dat weet je best!'

Hij zou haar streng toespreken en heel boos zijn, maar zijn handen zou hij wel thuishouden.

Maar hij zou ook helemaal anders kunnen reageren. Hij zou kunnen vergeten dat hij niet meer mag slaan. Hij zou helemaal rood worden en van woede uit zijn vel springen. Hij zou uithalen met zijn arm om haar een harde klap op haar wang te geven en nog een op haar andere wang en weer een … Hij zou vloeken en tieren en haar vriend verwensen. Hij zou haar uitschelden voor hoer, haar door elkaar schudden, schoppen, aan haar haren trekken, haar de deur uitsmijten … Ja, dat zou hij allemaal kunnen doen. Hij heeft het al gedaan.

Ze huivert. Ze kan het hem niet vertellen. Ze is nog altijd bang.

En als ze het nu eens aan Achmed zou vertellen, zoals Robin voorstelde ...

'Achmed, luister eens, ik heb verkering met Robin van de Voort. Misschien ken je hem wel, je weet wel, die leuke blonde jongen uit 3B. Hij is bevriend met Jeremy, de broer van Sandra, weet je wel. Nou, Robin is echt een superschatje, hoor. Hij is zo cool! Hij is de allerliefste van de hele wereld. En knap, joh! Ik ben stapelverliefd op hem en hij op mij. Leuk, hè.'

Hoe zou Achmed reageren? Daar twijfelt ze geen seconde over. Zijn ogen zouden boosaardig flitsen, hij zou haar bij haar schouders beetpakken, haar wild heen en weer schudden, haar misschien hard stompen en slaan. En ondertussen zou hij schreeuwen: 'Laat jij je pakken door jongens? Mijn eigen zus, een slet! Schaam je! Weet vader dat al? Ga het hem maar vertellen! Ja, nu meteen, ik blijf hier staan en jij gaat naar hem toe. Vertel het hem maar, zeg hem dat zijn dochter een hoer is. Kijk maar wat er gebeurt, vader zal je leren!'

Ja, zo zou het gaan. Ze kan het Achmed niet vertellen, hij is nog steeds de baas over haar. Hij is niet veranderd, ze is nog steeds doodsbang voor hem. Ze begint sneller te fietsen, zet de vaart erin alsof ze gevolgd wordt. Tot ze hijgend tot bezinning komt en beseft dat ze zich heeft laten meevoeren in haar fantasie.

Vlak bij school fietst plotseling Jeremy naast haar.

'Hoi, Lina,' zegt hij.

'Hoi,' zegt Lina verbaasd, want Jeremy ziet ze onderweg nooit, hij komt van de andere kant van de stad. Hij moet speciaal voor haar omgereden zijn.

'Luister eens, ik wil je wat vertellen,' zegt hij op vertrouwelijke toon. 'Ik heb Lotte dinsdagavond met je broer in de stad gezien. Ze stonden achter de Bijenkorf, heel dicht bij elkaar. Hij had zijn arm om haar heen geslagen. Wist je dat? Dat ze iets hebben met elkaar?'

Lina zet grote ogen op. 'O nee! Dat bestaat niet. Je moet je vergist hebben. Mijn broer heeft trouwens een vriendin.' Dat laatste verzint ze ter plekke. Ze wil vermijden dat er geroddeld gaat worden over Lotte en haar broer.

'Heb je hen aangesproken?' vraagt ze.

'Nee, natuurlijk niet, ik dacht dat ze misschien stiekem verkering hadden. Jij gaat toch ook stiekem met Robin om. Dat mogen je ouders toch ook niet weten?'

Lina schrikt. 'Wat weet jij daarvan? Heeft Robin dat verteld?'

'Natuurlijk, Robin heeft geen geheimen voor mij. Nou, schrik maar niet, hoor, ik vertel het heus niet verder, aan niemand. Mag je echt niet omgaan met Robin, trouwens?'

'Het gaat niet om Robin, ik mag absoluut niet met jongens om-gaan als je dat nog niet wist. Dus als jij zo aardig wilt zijn om door te fietsen? Als mijn broer ons samen ziet, ben je nog niet jarig.'

'Oké, raar, hoor! De groetjes!'

Een beetje verdwaasd fietst Lina door. Ze snapt er niets van. Wat moeten Achmed en Lotte samen? Valt zij op hém? Hij op háár? Dat kan niet waar zijn! Lotte heeft haar broer nooit een blik gegund. En Achmed haar niet. Maar Jeremy heeft hen duidelijk samen gezien! En Lotte was in de stad dinsdagavond, ze was naar die koopavond van de Bijenkorf gegaan ... Het kan dus echt waar zijn.

Doet Lotte daarom zo raar? Moet ze van Achmed hun verkering absoluut geheim houden? En vindt ze dat misschien zo moeilijk dat ze zich dan maar helemaal terugtrekt? Is ze daarom zo verdrietig? Het zou kunnen, maar toch geeft het Lina een eigenaardig gevoel, alsof er iets niet klopt.

5 Puberblues

Op school ziet Lina uit haar ooghoek dat Lotte stiekem naar haar kijkt, alsof ze overweegt iets te gaan zeggen, maar het toch niet doet. Lina zwijgt dus ook maar. Haar vriendin zegt toch niks terug. Als anderen Lotte iets vragen, geeft ze kortaf antwoord.

Lina probeert nog een keer een briefje naar Lotte te schuiven, maar die veegt het meteen met haar elleboog van tafel. Lina moet het snel oprapen, voordat de leraar het in de gaten heeft. Had ze nou maar een mobieltje, dan kon ze een sms'je sturen. Maar een mobieltje heeft ze nog steeds niet, hoe hard ze er thuis ook om zeurt. Volgens haar vader gaat ze met zo'n ding alleen maar jongens bellen.

In de pauze loopt Lotte zonder iets te zeggen weer naar het muurtje bij het fietsenhok, ver van de oude kastanjeboom waaronder hun groepje altijd bij elkaar komt.

'Ik snap er nog steeds niks van. Jullie wel?' vraagt Lina aan Sandra en Cindy. 'Naar mij luistert ze niet, gaan jullie nog eens vragen wat haar mankeert.'

'Nee, ze stelt zich gewoon aan,' zegt Sandra. 'Moeten we niet op reageren.'

'Nou, misschien stelt ze zich helemaal niet aan,' zegt Cindy bedachtzaam. 'Is er echt iets. Wacht even.' Ze haalt haar mobieltje tevoorschijn.

Lina kijkt wat ze tikt: *Hoi, Lotte. Alles oké? Sms ons ff, pls. Grtjs. Lina, Sandra en Cindy.*

'En nu maar wachten of ze reageert.'

Ze kijken vol verwachting naar Lotte. Die maakt echter geen aanstalten om haar mobiel uit haar zak te halen.

'Ik zal vanmiddag namens ons drieën met haar chatten,' zegt Sandra. 'Als ze online is tenminste.'

Na school is Lotte al vertrokken voor Lina goed en wel haar rugzak heeft gepakt. Als ze Victor in de gang ziet, vraagt ze of hij al met zijn ouders heeft gepraat.

'Ja, maar ze zeggen dat ik mijn zus met rust moet laten. Ze noemen het de "puberblues". Maar volgens mij is Lotte gewoon verkikkerd op iemand die haar niet wil. Ze zit de hele tijd op haar kamer te kniezen. Liefdesverdriet kan diep gaan, hoor!' Hij lacht erbij zoals een wijze, oudere broer om zijn kleine zusje lacht.

Maar Lina is er niet gerust op. Victor weet niet dat Achmed er iets mee te maken heeft. En als Lotte verliefd was, zou ze het haar vertellen. Vast en zeker, zelfs als het haar broer betrof.

Zodra ze thuis is, schrijft Lina in haar agenda: *Lt + A?? Néé!* ☹☹ *Nt oké. Ik vrl n Rn …* ☹☺☺

Zaterdag 14 april

Op zaterdagochtend doet Lina de wekelijkse boodschappen, zodat haar moeder bij de tweeling kan blijven. Ze geniet ervan om in haar eentje door de supermarkt te lopen.

Als ze met een volle winkelwagen op weg is naar de kassa, botst ze bijna tegen iemand op. Robin! Van schrik en blijdschap krijgt ze het warm. Schichtig kijkt ze om zich heen. Geen bekenden te zien die haar kunnen verklappen?

'Hé, wat doe jij hier?' vraagt ze dan.

'Ik moet pils halen, vanavond is er een feestje bij ons thuis. Mijn broer heeft zijn rijbewijs gehaald. Dat is toch een feestje waard, nee? Hij moet sporten vandaag, anders ging hij zelf wel bier halen. Mijn ouders zijn er dit weekend niet,' zegt hij met een knipoog. 'Kom je ook vanavond?'

'Zou ik wel willen,' zegt Lina, 'maar je weet het … mag ik niet. En ik ga geen tweede keer stiekem naar een feest.'

Robin slaat zijn arm om haar schouders en trekt haar even naar zich toe. 'Kusje?'

'Niet doen!' schrikt Lina. 'Misschien kent iemand me hier.'

'Poeh,' zucht Robin. 'Wat ben je toch een bang haasje. Wat kan er hier nou gebeuren? Heb je trouwens al met je broer gepraat?'

Lina kijkt hem bijna smekend aan. Ze wil zeggen: alsjeblieft, begrijp het nou.

Robin merkt het.

'Maar je bent toch wel lief, hoor,' zegt hij sussend. Hij kust de palm van zijn hand en legt die een seconde tegen haar wang. Lina bloost ervan en kijkt weer schichtig rond. 'Zo, daar moeten we het dan maar mee doen,' zegt Robin. 'Doei, tof weekend, hè. See you!'

Met grote passen beent hij weg.

Verward zet Lina haar boodschappen op de loopband. Robin was lief tegen haar. Hij nodigde haar uit. Of was dat een grapje? Hij wil het niet uitmaken. Of toch wel? Deed hij nou niet een beetje raar? Alsof ze een klein kind was? Hij zei ook niks over woensdag. Hij zal toch wel naar de bieb komen?

Voor ze die avond naar bed gaat, schrijft Lina in haar agenda: *Rn + Ln?* ☺☺☹*? Ds h lv m??*

6 'Ik mag niks zeggen'

Zondag 15 april

Zondagen zijn niet om door te komen. Vooral niet als de regen met bakken uit de hemel valt, zoals vandaag. Lina verveelt zich als haar huiswerk klaar is. Ze is rusteloos, kijkt even tv, maar het boeit haar niet. Ze pakt een boek, leest een paar pagina's en legt het dan weer weg. Ze bladert geeuwend door de reclamefolders die 's zondags op de deurmat vallen en tekent wat in haar agenda. Het blijft echter een suffe zondag. Zelfs haar lievelings-cd van Shakira klinkt afgezaagd. Gelukkig is Achmed er niet om haar te pesten. De tweeling zeurt wel voortdurend om aandacht en hangt huilerig om haar heen. Maar in voorlezen of spelletjes doen heeft ze nu absoluut geen zin.

Ze wil weg, naar buiten, iets beleven. Het liefst wil ze naar Lotte. Ze mist de vrolijke babbels en haar aanstekelijke lach. Ook al blijft daar de laatste tijd niet veel meer van over. Ze wil het met Lotte over Robin hebben, die het vast uit zal maken. En ze wil ook vertellen over het kindje dat haar moeder gaat krijgen. Het kindje dat haar moeder nu al gelukkig lijkt te maken. Dat is zo nieuw en speciaal, dat ze het met Lotte wil delen.

Ze aarzelt. Zal ze Lotte gewoon opbellen? Vragen of ze samen Engels kunnen oefenen voor woensdag, want dan hebben ze een test? Haar moeder is in zo'n goede bui, die laat haar wel gaan. En haar vader is naar de moskee. Maar Lotte wil vast niet dat ze komt. Waarschijnlijk krijgt ze haar niet eens aan de telefoon. Misschien moet ze helemaal niet bellen, gewoon gaan. Lotte is haar beste vriendin, daar hoef je toch niet mee af te spreken!

Ze loopt naar de gang, trekt haar jack aan, kijkt om de hoek van de kamerdeur en zegt: 'Moeder, ik ga even naar Lotte, is dat goed?'

'In die regen?'

'Geeft niet.'

Haar moeder glimlacht toegeeflijk.

'Nou, ga maar. Je moet wel thuiskomen vóór je vader terug is, vóór vier uur.'

Lottes moeder doet open en glimlacht vriendelijk als ze Lina ziet staan. Het valt Lina wel op dat ze magerder is geworden en donkere wallen onder haar ogen heeft.

'Wat leuk dat je nog eens langskomt,' zegt Lottes moeder. 'Kom maar gauw binnen. En geef die natte jas maar hier.'

'Lotte! Lina is hier!' roept ze naar boven.

Lina voelt zich ineens dwaas, misschien is ze absoluut niet welkom bij haar vriendin en wordt die nu heel boos.

Boven aan de trap ziet ze Lotte verschijnen in haar rode joggingpak.

'Zal ik naar boven komen?' roept Lina. Lotte trekt haar schouders op. Lina haast zich de trap op.

In haar kamer zakt Lotte met een somber gezicht neer op haar bed. Lina pakt de bureaustoel.

Daar zitten ze dan, zwijgend, terwijl de regen tegen de ruit klettert.

'Vind je het vervelend dat ik er ben?' vraagt Lina ten slotte.

Bijna onmerkbaar schudt Lotte haar hoofd. Ze kijkt Lina niet aan.

Ineens voelt Lina zich boos worden. Ze heeft er genoeg van dat haar vriendin de hele tijd stommetje speelt. Plotseling barst ze los. Een boze waterval van woorden stroomt uit haar mond.

'Lotte, jij wilt misschien niks zeggen, maar ik wel. En nu moet je maar eens goed naar mij luisteren. Ik vind het heel stom dat je zo doet: een hele week niks zeggen, niet reageren op mijn briefjes, niet op sms'jes. Ik heb jou niks gedaan. Waarom doe je dan zo raar? Ik wil nu absoluut weten wat er is. Je moet het mij vertellen. Anders praat ik ook nooit meer tegen jou en dan ben ik jouw vriendin niet meer! Je zoekt het maar uit! Zo. Nou weet je het.'

Lotte zwijgt. Lina ziet tranen verschijnen in haar ogen. Dat doet haar plotseling opstaan. Ze schuift naast Lotte op het bed en slaat haar arm om haar schouders.

'Er is iets wat je me niet durft te vertellen, hè. Maar ik weet iets van jou en ik denk dat het zou kunnen verklaren waarom jij je terugtrekt van mij.'

Lotte schrikt en kijkt Lina met grote ogen aan. 'Wat dan? Wat weet jij?' Haar stem klinkt schril.

Nu durft Lina door te gaan. 'Jeremy heeft jou met Achmed in de stad gezien, dinsdagavond, achter de Bijenkorf. Hij zei dat Achmed jou omhelsde. Lotte, heb jij wat met mijn broer? Als dat zo is, hoef je dat toch niet voor mij te verzwijgen? Ik zal het heus niet door-vertellen aan mijn ouders of aan die van jou.'

'O nee,' zegt Lotte. 'Hij omhelsde mij helemaal niet ...'

Dikke tranen stromen nu over haar wangen. Lina pakt een papieren zakdoekje uit haar zak en geeft het aan Lotte.

'Vertel op.'

'Ik mag niks tegen jou zeggen van hem.'

'Ik zweer dat ik het niet zal verklappen.' Lina steekt twee vingers op. 'Toe maar, zeg het nou maar. Zo is het toch ook niks? En mis-schien kan ik jou helpen.'

'Nou ...' Lotte kijkt naar beneden, terwijl ze aan de zakdoek frutselt. 'Ik ... nou ja ... Hij heeft een paar dagen geleden gezien dat ik ... Dinsdag was het die speciale koopavond bij de Bijenkorf, weet je wel ... Ik was daar toen en ... en daar liep hij ook. Maar ik had hem niet gezien ...' Ze is even stil. Dan zegt ze snel: 'Ik nam wat dingetjes weg bij de parfumerieafdeling. Mascara, lipstick en zo. Hij zag het ... dat ik ze in mijn tas liet glijden en toen ...' Haar gezicht kleurt rood.

Wát? Ben jij een winkeldief? wil Lina verontwaardigd uitroepen. Maar ze houdt zich nog juist op tijd in en moedigt Lotte aan om verder te praten. 'Nou, en verder?'

Er wordt op de deur geklopt. Lottes moeder komt binnen met een theeblad.

'Jullie lusten vast wel wat lekkers, niet?'

Ze zet het blad met twee glazen cola en twee bordjes cake voor hen neer.

Ze kijkt naar Lotte en fronst haar wenkbrauwen. 'Wat is dat nou? Huil je nou alweer? Terwijl je vriendin hier is?'

'Ga weg!' gilt Lotte. 'Bemoei je er niet mee!'

Haar moeder zucht en zegt tegen Lina: 'Nou, zo doet ze al een hele tijd, er is geen land met haar te bezeilen. En ze wil niet met ons praten. We snappen er niets van. Ik laat het maar aan jou over. Misschien wil ze jou wél vertellen wat er is.'

'Lotte,' zegt Lina op rustige toon als ze weer alleen zijn. 'Je moet gewoon alles vertellen. Ik wil je helpen.'

'Nee.' Langzaam verscheurt Lotte de zakdoek tussen haar vingers. 'Nu niet. Ik wil alleen zijn. Later vertel ik het, echt.'

'Waarom nú niet?'

'Kan het niet, echt niet.'

'Zal ik het aan Achmed vragen?'

Lotte veert verschrikt op. 'Als je dát doet ...'

'Oké, dan niet. Maar je praat wel weer met mij op school?'

Lotte maakt een prop van de snippers. Ze kijkt Lina niet aan.

'Hmm ...' mompelt ze.

'Wat hmm? Bedoel je ja?'

'Jaja.'

'Tot morgen dan,' zegt Lina. 'En sterkte!'

Voor ze gaat slapen, schrijft Lina nog in haar agenda: $Lt + A =$ ☹ + ☹! Never!

7 Achmed

Maandag 16 april

Lotte houdt zich aan haar woord. Maandagochtend treft Lina haar
aan op hun praatplek onder de oude kastanjeboom.

'Hoi.' Lotte begroet haar met een onzeker glimlachje.

'Hoi,' zegt Lina, en ook zij lacht een beetje. Ze weet niet goed wat
ze moet zeggen. Bovendien komen Cindy en Sandra op hen af, en die
mogen niets weten van het geheim van Lotte.

Cindy geeft Lotte een vriendschappelijke duw tegen haar schouder.

'Hoi, Lot, ben je weer bij de mensen? Wat was er nou?'

'Niks,' zegt Lotte. 'Voelde me gewoon niet goed.'

'Zeker ongesteld? Pijn?'

'Ja.'

Zo, daar is ze mooi van af, denkt Lina. Stiekem geeft ze Lotte een
knipoog.

Lotte praat wel vandaag, maar eigenlijk zegt ze niets. Ze zegt dingen zoals: 'Heb jij nog veel gedaan aan je Engels?' 'Ik heb mijn pen
vergeten. Heb jij er zolang een voor mij?' 'Wil je een kauwgumpje?'
Ze vermijdt ieder onderwerp dat naar het gebeurde zou kunnen leiden.

Als Cindy en Sandra tijdens de kleine pauze op een veilige afstand
van hen staan, vertelt Lina over de zwangerschap van haar moeder.
Ze is nog steeds een beetje beschaamd, dat wel.

'Hoe vind jij dat nou?' vraagt ze.

Lotte blijft staan. Ze kijkt Lina ongelovig aan.

'Dat kan niet waar zijn. Echt? Krijg jij nog een broertje of zusje?'

'Ja, het is geen grapje, hoor. Mijn moeder is half september uitge-
rekend.'

Lottes trieste gezicht ontspant zich plotseling, alsof de zon door de wolken piept.

'O, wat leuk! Tof zeg! Ik zou ook nog wel een broertje of zusje willen.'

Lina is blij met haar reactie. Ze lacht: 'Jouw moeder is al vijftig. Nou, een zwangerschap op die leeftijd komt in de krant, hoor!'

Even is het als vanouds. Het samen kletsen en giebelen over alles en niks. Maar Lina durft niet te beginnen over het geheim van Lotte. Dat moet Lotte zelf doen.

Wel begint ze over Robin en haar angst dat hij het uit zal maken als ze stiekem moeten blijven afspreken. 'Hij kan er niet meer tegen. Ik zag hem zaterdag in de supermarkt en … Nou ja, hij wil dat ik het aan Achmed vertel, van onze verkering, maar dat kan ik echt niet doen. Mijn broer slaat me verrot, dat weet ik zeker. En hij vertelt het bovendien meteen aan mijn vader.'

Bij de naam Achmed lijkt Lotte plotseling ineen te krimpen. Ze draait zich om en zegt niets meer. Lina schrikt ervan. Wat heeft Achmed toch gedaan dat Lotte zo schrikt bij het horen van zijn naam? Wat heeft hij gedaan toen hij zag dat ze spullen aan het stelen was in die winkel? Heeft hij haar verraden aan de manager van de zaak, zodat de politie erbij werd gehaald?

'Lotte?' vraagt ze. 'Wat is er nou ineens?'

Lotte haalt haar schouders op. Er komt geen antwoord.

'Wanneer ga je het mij vertellen?'

'Weet ik niet.'

Lina voelt zich boos worden, maar ze houdt zich in. Nog maar even geduld hebben.

Verlangend kijkt ze naar Robin, die op vijf meter afstand met Jeremy staat te praten. Waarom zoekt hij haar nu niet met zijn ogen, zoals zij hem? De onzekerheid over hun verkering knaagt in haar binnenste.

Thuis bedenkt Lina ineens dat ze wel eens op de kamer van Achmed zou kunnen gaan snuffelen. Je weet nooit dat ze daar iets vindt wat haar op het spoor brengt van het geheim van Lotte. Eigenlijk komt ze nooit op de kamer van haar broer. Hij heeft het haar streng verboden. Alleen haar moeder mag het bed verschonen en de kamer poetsen. Maar de deur kan niet op slot, ze kan er zo in.

Achmed zal pas tegen etenstijd thuiskomen, zoals altijd. Het probleem is alleen dat haar zusjes haar niet mogen zien, en dat is moeilijk. Die twee fladderen altijd als lastige muggen om haar heen. Maar van beneden hoort ze de vrolijke liedjes van K3, daar lopen ze niet van weg.

Stilletjes sluipt ze de gang in en de zoldertrap op. Met kloppend hart opent ze de deur van Achmeds kamer. Het stinkt er naar sigarettenrook. Geen wonder, beneden mag haar broer niet roken, dus dat doet hij op zijn kamer. Ze heeft de neiging het raam open te zetten, maar doet het toch maar niet.

Zijn kamer ziet er netjes uit. Het bed keurig opgemaakt, zijn bureau opgeruimd, de computer, waar zij nooit aan mag komen, onder een plastic dekje.

In de open boekenkast staan zijn tv en stereo-installatie. Op een geborduurd kleedje ligt de Koran. Achmed is heel gelovig, dat weet ze. Ook zijn gebedskleedje ligt netjes opgevouwen in de kast. Verder staan er wat dozen. Elke doos heeft een sticker waarop hij geschreven heeft wat de inhoud is. Achmed is een pietje-precies, in tegenstelling tot haar. In haar kamer is het meestal een grote rommel. Maar dat komt ook doordat de tweeling er geregeld in rondstruint. Netheid is een van de weinige goede eigenschappen van Achmed, denkt Lina grimmig.

Ze trekt de laden van zijn bureau open. Alleen maar schoolboeken, schriften en pennen. Hij zit hier ook niet veel. Huiswerk maakt hij meestal bij Abdul, zijn beste vriend. Verder is hij weinig thuis.

Vervolgens opent Lina de kleerkast. Op de planken liggen zijn spijkerbroeken, T-shirts en andere kleren in keurige, hoge stapels. Aan een paar haakjes hangen zijn leren jasjes, drie verschillende. Het vierde heeft hij dus aan. Lina kan het niet laten. Ze pakt een van de jasjes en doet het aan. Veel te groot, maar toch wel superstoer, ziet ze in de spiegel die op de deur is geplakt. Had ze ook maar zoiets, maar leer is vreselijk duur. Waar betaalt hij dat eigenlijk van? Brengt zijn baantje bij de coffeeshop zoveel op? Of ... Hij zal toch niet dealen? Een verontrustende gedachte. Nee, dat doet hij vast niet. Hij is immers streng islamitisch en dan zijn drugs verboden. Alleen een beetje blowen, dat is wel toegestaan, zegt hij altijd.

Ze hangt het jasje terug in de kast en gaat op het bed zitten. Ze kijkt nog eens rond, maar ziet niets bijzonders. Wat denkt ze eigenlijk te vinden in deze steriele kamer? Een dagboek? Dat is helemaal niks voor Achmed. Een foto van Lotte? Te gek om over te denken. Maar wat dan? Toch drugs?

Ze pakt een van de dozen en kijkt erin. Ze moet glimlachen als ze de rapporten en schoolschriftjes van de basisschool ziet. Wie had ooit gedacht dat hij die zou bewaren? In een andere doos blijken zijn autootjes te zitten. Lina weet nog dat hij die verzamelde. Miniatuurtjes van alle automerken. Hij kon er urenlang op de grond mee spelen. Vooral op sportwagens was hij gek. Later koop ik een Ferrari of een Maserati, zei hij dan en dat zegt hij nu nog steeds. Alleen het woordje 'later' is vervangen door 'zodra ik achttien ben'. Maar voorlopig kan hij er alleen van dromen, denkt Lina. Het blijft een droom, zoals ook zij haar dromen heeft.

Ineens moet ze aan vroeger denken. Toen Achmed en zij nog vriendjes waren. Ze speelden altijd buiten met een hele groep andere kinderen uit de buurt. Achter hun huis op het veldje speelden ze voetbal of tennis. De jongens raceten er op hun mountainbikes. De grotere jongens en meiden hingen rond bij het hek en lieten hun

33

brommers of scooters draaien. Zij bemoeiden zich niet met 'het kleine grut', zoals ze de jongere kinderen noemden.

Eigenlijk zou Lina daar 's avonds ook heen willen, wat rondhangen en wat kletsen met de tieners uit de buurt. Maar ze mag niet. Een meisje 's avonds alleen op straat, dat is een hoer.

Dikwijls ontstond er ruzie op het speelveldje. Altijd als Lina met andere kinderen kibbelde, kwam Achmed tussenbeide en altijd nam hij het voor haar op. Hij heeft vaak gevochten met jongens van wie hij dacht dat ze gemeen waren geweest tegen haar. Ook al stond ze dan te schreeuwen dat ze niks gedaan hadden, dat het maar plagen was, want ze was bang dat hij hun wat aan zou doen.

Wanneer is hij toch zo veranderd? Sinds wanneer voelt hij zich mijlenver boven haar verheven, is hij alleen nog maar de boze broer die haar commandeert, die haar niet vertrouwt, die altijd denkt dat ze uit is op seks? Die altijd over haar waakt als een politieagent? Zijn enige doel is zorgen dat ze de familie niet te schande maakt door zich sexy te kleden en zich als een slet te gedragen. Het is zijn taak ervoor te zorgen dat ze niet met jongens in aanraking komt, zodat ze over vier jaar puur en onaangeraakt kan trouwen met neef Jafar uit Marokko. Lina laat zich achterover vallen op het bed en staart naar het witte plafond.

Hoe lang is het geleden dat hij haar duwde op de schommel in het speeltuintje op de hoek van hun straat, of dat ze op de wip zaten en hij haar plagerig lang in de hoogte liet zitten om haar dan pardoes neer te laten komen? Hij plaagde haar, iedere dag, maar hij was nooit gemeen en hij maakte haar uiteindelijk altijd aan het lachen, want hij was een echte grappenmaker, een echte pias.

Is dat nog maar vijf jaar geleden? In ieder geval was ze nog geen tien. Vanaf haar tiende was haar vader plotseling uiterst streng geworden en had hij Achmed, die toen toch pas twaalf was, ernstig opgedragen voortaan altijd op zijn zus te letten.

'De tijd van spelen is voorbij, dochter,' had haar vader haar gezegd op haar tiende verjaardag. 'Je speelt niet meer buiten en je broer is vanaf nu verantwoordelijk voor jou als ik er niet ben.'

Die woorden zal ze nooit vergeten. Vanaf die dag is Achmed veranderd. Hij heeft de woorden van zijn vader wel heel serieus genomen. En grappig is hij helemaal niet meer. Alleen preken en snauwen kan hij nog.

Plotseling schrikt ze op van gestommel op de trap. Snel loopt ze de kamer uit.

'Lina! Lina!' klinkt het. 'Ben je op zolder? Daar mag je niet komen van Achmed, hoor!' Het is Fahti.

Lina roetsjt de zoldertrap af. Als Fahti haar maar niet verklikt.

'Kom, ik zal jullie voorlezen,' zegt ze snel, en ze gaat met haar zusje naar beneden.

Die avond kan ze niet in slaap komen. Allerlei verontrustende gedachten spoken rond in haar hoofd, en daarbij komt nog de angst voor haar broer. Wat als hij merkt dat ze op zijn kamer is geweest? Heeft ze die dozen nou wel keurig teruggezet? De bureauladen goed dichtgedaan? Het jasje weer opgehangen? Het dekbed weer strak getrokken?

Angstig ligt ze te wachten tot hij thuiskomt. Pas om halftwaalf hoort ze hem de voordeur openen. Ze gaat rechtop in bed zitten. Haar hart bonkt in haar borst. Ze hoort hem de twee trappen opgaan. Nu is hij in zijn kamer. Ze hoort gestommel. O, als hij nou maar niets merkt …

Er gebeurt niets, geen geschreeuw. Lina zucht diep en kruipt onder haar dekbed. Ze is zo opgelucht, dat ze meteen in slaap valt.

8 Buikgriep?

Dinsdag 17 april

Lotte is niet op school vandaag, ze is ziek. Volgens Victor heeft ze buikgriep.

'Gisteravond om een uur of negen is ze in één keer ingestort,' vertelt hij. 'Ik wilde even een passer van haar lenen. Ik schrok me rot toen ik in haar kamer kwam. Ze zat helemaal in elkaar gedoken op haar bed zachtjes te jammeren. Ze zag zo wit als een doek. Echt doodziek was ze. Ze rende naar de badkamer, moest overgeven en toen begon ze te ijlen en viel bijna flauw. Ik riep naar beneden dat Lotte heel ziek was. Mijn ouders in alle staten, natuurlijk. Mijn moeder wilde gelijk de dokter bellen, maar Lotte begon te krijsen dat ze dat niet wilde. Ze is in bed gekropen en vanmorgen toen ik naar school ging, lag ze nog te pitten. Mijn moeder zei dat ze vannacht nog drie keer bij haar was gaan kijken of het niet erger werd.'

Lina schrikt. Lotte plotseling ziek? Buikgriep? Niemand op school heeft griep. Het heerst helemaal niet. Het moet iets anders zijn.

'Heeft ze iets verkeerds gegeten misschien?' vraagt ze.

'Niet dat ik weet. Dan was ik ook ziek geworden, toch? En mijn ouders? We hebben allemaal hetzelfde gegeten. Maar ze is gisteravond nog wel naar de stad geweest. Misschien heeft ze ergens een verkeerd patatje gegeten.' Victor lacht om zijn grapje.

Nee, Lina weet wel beter. Lotte heeft geen griep, ze heeft niets verkeerds gegeten. Het is iets heel anders. Het probleem met Achmed ligt te zwaar op haar maag. Daarvan is ze ingestort, vast en zeker. Haar ouders weten niet wat er aan de hand is. Alleen zij weet dat Lotte een geheim heeft dat met de winkeldiefstal en met Achmed te maken heeft. Ze weet zeker dat Lotte aan niets anders kan denken en natuurlijk heeft ze ook al een aantal nachten liggen piekeren. En nu is ze dus ingestort. Lina wil haar helpen, maar hoe? Lotte moet vertellen wat haar scheelt. Of ... zal ze met Achmed praten? Nee, ze heeft Lotte beloofd dat niet te doen. En eigenlijk moet ze er niet aan denken. Nee, ze gaat vanmiddag naar Lotte toe. Ze zal thuis maar weer zeggen dat ze samen met haar moet studeren.

'Lotte was toch al een paar dagen niet in orde,' zegt ze tegen Victor. 'Ik ga vanmiddag wel naar haar toe, huiswerk doorgeven en zo.'

'Moet je doen,' zegt hij. 'Als ze je tenminste in haar kamer laat.' Hij grijnst. 'Zelfs als ik gewoon iets wil vragen en netjes op haar deur klopt, springt ze al uit haar vel.'

In de pauze kijkt Lina peinzend naar haar broer, die zoals altijd bij het hek van het schoolplein rondhangt met een paar klasgenoten. Ze roken weer, hoewel het verboden is. De leraren die surveilleren, doen alsof ze het niet merken. Lina weet best dat ze geen zin hebben om afgebekt te worden door hen. Nog een paar maanden en dan zijn ze toch van school af. Als ze al slagen voor hun examen, want dat is natuurlijk nog de vraag. Maar Achmed zal slagen, daar twijfelt Lina niet aan. Haar broer is intelligent genoeg. Hij heeft heel veel gespijbeld, maar op de een of andere manier weet hij toch altijd net een voldoende te halen.

Af en toe gaan zijn ogen over het plein. Als hij haar ziet, draait hij zich weer om. Ja, hoor, kijk maar, denkt Lina. Mij zul je niet betrappen met een jongen.

Zoals hij daar staat, zou niemand kunnen bedenken dat hij iets heeft met Lotte, wat het dan ook mag zijn. Alleszins iets wat haar heel angstig en ziek maakt. Niemand weet dat hij Lotte betrapt heeft op winkeldiefstal. Of wel? Praat hij daarover met zijn vrienden? Misschien bedreigt Achmed haar wel, chanteert hij haar, dreigt hij aan haar ouders te zeggen dat hun dochter een dievegge is. Maar wat zou hij dan van haar willen? Ineens gaat er een vreselijke gedachte door Lina heen. Moet Lotte misschien meer stelen van Achmed? Voor hem? Omdat hij haar betrapt heeft, weet hij dat ze het durft, stelen in winkels. Dat zou heel goed kunnen, ze vertrouwt haar broer voor geen cent. Ze denkt aan zijn dure jasjes.

Of … misschien nog wel erger: hij zal toch geen seks … Is hij een loverboy?

Eigenlijk weet ze weinig van haar broer. Hij heeft veel vrienden. Maar vriendinnen? Verkering? Ze zal het nooit weten. Hij heeft foto's van nichtjes die in Marokko wonen. Ze sturen ze op naar hun neef in de hoop dat hij hen leuk zal vinden. Het is de droom van ieder meisje in het dorp van haar ouders om te trouwen met een neef in Europa, dat weet ze wel. En haar broer is een knappe jongen. Haar klasgenootjes noemen hem een lekker ding.

'Hé, wat sta jij daar te dromen?' Het is Robin, die haar in het voorbijgaan een duwtje tegen haar schouder geeft. Gelijk is Lina weer in het hier en nu. Ze glimlacht naar hem.

'Morgen in de bieb?' vraagt ze hoopvol.

Hij lijkt even te aarzelen. Maar dan zegt hij toch: 'Oké. Zie je daar. Vier uur.'

'Fijn,' antwoordt ze. Maar eigenlijk is ze er nog steeds niet gerust op. Zijn woorden klonken niet echt enthousiast. Hij heeft geen zin meer om stiekem te doen, het wordt vast de laatste keer …

Zodra Lina thuiskomt, zegt haar moeder: 'Het is een jongen!' Haar stem klinkt heel blij en haar ogen stralen.

Een seconde lang kijkt Lina haar niet-begrijpend aan. Maar meteen daarna dringt het tot haar door wat haar moeder bedoelt. Spontaan slaat ze haar armen om haar moeders hals.

'Dat is geweldig nieuws!' zegt ze. 'Ik krijg dus een broertje. Heeft de dokter het vandaag verteld?'

'Ja, het was goed te zien op de echo. Ik heb het meteen verteld aan je vader toen ik thuiskwam. Je had hem moeten zien. Hij is nog nooit zo blij geweest.'

'Weet Achmed het ondertussen al?'

'Nee, Lina, kun jij het hem vertellen?'

'Ik? Waarom?'

'Ik weet niet, doe jij het maar.'

'En de tweeling?'

'Nog maar even wachten. Het duurt nog even, hè.'

Aan je broer vertellen dat hij een broertje krijgt. Raar, hoor. Maar eigenlijk vindt Lina het wel spannend. En dit durft ze wel. Het is een soort uitdaging. Ze is benieuwd naar zijn reactie. Als hij het vreselijk vindt, als hij kwaad wordt, geeft het niet. Hij kan haar in ieder geval niets verwijten!

Meestal komt hij kort voor etenstijd thuis. Ze zal goed opletten of ze hem hoort aan de deur en hem opwachten in de gang. Dan zal ze het hem fluisterend vertellen, want Suja en Fahti hebben grote oren.

Maar eerst moet ze naar Lotte. Ze hoeft het niet eens te vragen. Haar moeder is in hogere sferen, die vindt vandaag alles goed. Ze drinkt in de keuken snel een glas cola en kondigt dan aan: 'Ik ga nog een uurtje naar Lotte! Samen huiswerk maken.'

'Ga maar even,' zegt haar moeder.

En dan gebeurt er iets wat Lina nog nooit heeft meegemaakt: haar moeder installeert zich met een prentenboek op de bank tussen Fahti en Suja.

Lina rijdt weg zonder hoofddoek. Ineens lijkt die ook helemaal niet nodig. Het is alsof er een verfrissend briesje door hun gezin waait. Dat kindje in haar moeders buik doet wonderen.

9 Een rood boekje met bloemetjes

Lotte ligt nog op bed. Ze ziet erg bleek en haar ogen zijn klein en rood van het huilen. Ze heeft haar MP3-speler in haar hand en de dopjes in haar oren. Lina krijgt een vaag glimlachje. Ze gaat op de rand van het bed zitten.

'Hoe gaat het? Ben je nog ziek?' vraagt ze.

Lotte haalt de dopjes uit haar oren.

'Het is over,' zegt ze zacht. 'Maar ik voel me nog helemaal niet goed.'

'Wat was het nou? Buikgriep?'

'Nee, geen buikgriep. Ik ... eh ... was niet ziek.'

Lina kijkt haar vriendin strak aan.

'Wat is het dan?'

Lotte kijkt van haar weg, alsof ze plotseling verlegen is. 'Nou ja ...'

'Wat nou ja?'

Lotte zwijgt.

'Zeg het dan!'

Lotte draait een pluk haar rond haar vinger, zoals ze altijd doet als ze iets aan het overwegen is. Dan zegt ze zacht: 'Ik heb alles opgeschreven wat er gebeurd is. Nou ja, lees het dan maar.' Ze wijst naar haar bureautje. 'Kijk maar in de onderste la, daar ligt een rood boekje met bloemetjes erop.'

Lina trekt de la open. Ze ziet het boekje. Het heeft een slotje. Een dagboek! Dat kan toch niet, dat zij dat zomaar mag lezen? Ze aarzelt, durft het niet uit de la te nemen.

'Doe nou maar,' zegt Lotte mat. 'Dan hoef ik niks te vertellen, dan weet je alles. Want ik kan het niet meer aan ... Lees nou maar, ik ben er pas een paar weken geleden in begonnen. Ik wil dat je weet waarom ik hier zo lig. Dan begrijp je alles. Neem het maar mee naar huis, maar zorg dat niemand, maar dan ook niemand het te zien krijgt.

En je houdt je mond, hè. Hier …' Ze grijpt met haar hand onder haar matras. 'Hier is het sleuteltje.'

Verbouwereerd pakt Lina het sleuteltje aan. Ze neemt het dagboek uit de la en sluit die weer.

Lotte draait zich om naar de muur en trekt het dekbed over haar hoofd. Ze lijkt niet van plan nog iets te zeggen.

Lina staart een tijdje besluiteloos naar het lichtblauwe dekbed waaronder haar vriendin zich verbergt.

'Zal ik het dan morgenmiddag terugbrengen, als je nog niet op school kunt komen?' vraagt ze.

'Ja,' klinkt het gesmoord.

'Je weet echt zeker dat ik het mag lezen, hè, je dagboek?'

'Ja.'

'Nou, dag dan, tot morgen!'

'Ja, dag.'

Als Lina beneden komt, botst ze bijna tegen Victor op.

'En? Mocht je de burcht binnentreden?' Hij ziet het boekje dat Lina in haar handen heeft. 'Haar nieuwe dagboek? Mijn cadeautje. Heeft ze het aan jou gegeven?'

'Ik mag er wat in schrijven voor haar,' verzint Lina snel.

De kamerdeur gaat open en Lottes moeder verschijnt op de drempel.

'Fijn dat je even langskwam, Lina,' zegt ze, 'Lotje is toch zó ziek geweest, we waren echt bang dat het iets ernstigs was, maar gelukkig is het ergste alweer voorbij. Zo gaat het meestal. Als alles er eenmaal uit is, is het snel over. Buikgriep, hè. Wil je nog wat drinken, Lina?'

'Nee, dank u, ik ga maar naar huis nu.'

Terwijl Lina langzaam naar huis fietst, spoken er allerlei vragen door haar hoofd. Ze weet werkelijk niet wat ze ervan moet denken: Lotte is ziek en niet ziek, ze heeft buikgriep en ze heeft geen buikgriep.

Wat is dat eigenlijk, buikgriep? Is dat griep in je buik? Of is het spugen omdat je je buik vol hebt van alles wat je tegenzit? Spuug je alles eruit omdat je niet meer kunt verdragen wat je overkomt? Zoals zijzelf deed toen haar vader haar mishandeld had? Is dat wat er met Lotte gebeurde? Precies zoals ze gisteren al dacht? Lag het probleem te zwaar op haar maag? *Ik kan het niet meer aan,* zei Lotte. Ze moet dus wel wanhopig zijn, want het is niet normaal dat je je dagboek aan iemand laat lezen. Zelfs niet aan je beste vriendin.

Thuis stopt Lina het dagboek diep onder haar matras. Ook al brandt ze van nieuwsgierigheid, ze moet alleen zijn om het in alle rust te kunnen lezen. Maar haar zusjes staan alweer te roepen onder aan de trap.

Om zes uur hoort Lina dat Achmed de sleutel in het slot van de voordeur omdraait. Toch een beetje nerveus loopt ze de gang in en sluit de kamerdeur achter zich. Meteen als hij binnenkomt, zegt ze hem: 'Achmed, wacht even, ik moet je iets bijzonders vertellen van moeder. Je zult wel opkijken hoor.'

'Wat dan?'

'Nou, raad maar eens.'

'Ik zou het niet weten. Zeg het snel, want ik heb honger en ik moet zo meteen weer weg.' Hij trekt zijn leren jasje uit en loopt langs haar heen naar de kamerdeur.

Lina wil hem bij zijn mouw grijpen, maar durft het niet.

'Nee, wacht nou even,' zegt ze. 'Het is belangrijk. Maar je moet niet schrikken!'

'Hoezo, niet schrikken?' vraagt hij met zijn hand op de deurknop.

'Het is heel, heel groot nieuws,' zegt ze. 'Hou je vast. Het nieuws is dat wij een broertje krijgen in september!'

'Hè?' Nu staat hij ineens stokstijf stil en kijkt haar met grote ogen aan.

'Wat bedoel je?'

'Nou, dat zeg ik toch: er komt een nieuw kindje in ons gezin. Moeder is in verwachting. Half september komt het, een jongetje. Ik mocht het aan jou vertellen. Suja en Fahti mogen het nog niet weten.'

Sprakeloos blijft Achmed staan. Zijn ogen vol ongeloof. Zo kent Lina hem niet. Plotseling trekt hij zijn schouders naar achteren en haalt hij met een onverschillig gebaar zijn hand door zijn haar.

'Zo ... Nou, dat is mooi dan,' zegt hij langzaam. Hij gaat de woonkamer binnen. Lina loopt achter hem aan. Zal hij moeder feliciteren? Die zet juist de schaal met dampende couscous op tafel.

Nee. Lina ziet dat hij snel zijn ogen over moeders buik laat gaan. Moeder blijft afwachtend bij de tafel staan. Lina ziet aan haar gezicht dat ze een beetje onzeker op zijn reactie wacht. Aan Achmeds gezicht leest Lina af dat hij zich nu pas realiseert dat zijn zus de waarheid sprak.

Hij schuift aan tafel.

'Moeder, kan ik snel eten? Ik heb haast, moet zo weer weg.'

Moeders gezicht verstrakt. Ze knikt teleurgesteld, zegt niets en verdwijnt in de keuken.

Vader heeft niets gemerkt. Hij zit in zijn fauteuil voor de televisie en wacht op het Arabische nieuws en op zijn bord couscous.

10 Het dagboek van Lotte

Dit boekje heb ik van Victor gekregen op mijn verjaardag. Het ligt hier al bijna een jaar onaangeroerd. Weet niet of het wel iets voor mij is, in een dagboek pennen. Maar het is de laatste tijd helemaal niet meer leuk bij ons thuis, dus wil ik mijn hart luchten. Zie wel of ik het volhoud om iedere dag wat te schrijven …

Woensdag 28 maart

Sinds kort is papa werkloos en daardoor is de stemming bij ons thuis serieus verziekt. Hij was als laatste leerkracht aangenomen op zijn school en omdat er steeds minder leerlingen waren, moest hij als eerste weg.

Papa lijkt plots een oude man. Hij is vijfenvijftig en dat is heel oud als je een nieuwe baan moet zoeken. Hij begon al met solliciteren toen hij nog werkte, maar hij is niet één keer uitgenodigd voor een gesprek.

De sfeer in huis is om te snijden, want papa wil er geen woord over horen. Mama zingt niet meer en achter de naaimachine zit ze ook niet meer. Normaal maakt ze in het voorjaar altijd een heleboel kleren voor zichzelf (en soms ook voor mij, al ga ik liever shoppen in de stad), maar nu blijft de naaimachine in de kast. Mama ziet er niet leuk meer uit, maakt zich niet meer op, föhnt zelfs haar haren niet meer. Aan haar ogen zie je dat ze slecht slaapt. Het is duidelijk dat ze in een dip zit. Ze heeft ook bijna iedere week een aanval van migraine. Dan ligt ze een of twee dagen op bed, moet het heel donker in de slaapkamer zijn en mogen we helemaal geen lawaai maken. De tv moet heel zacht staan en Victor en ik luisteren alleen muziek door de koptelefoon.

Papa raakt de piano niet meer aan. Hij is alleen nog maar in de tuin bezig of gaat een eind fietsen. Hij zegt dat hij rust nodig heeft. Mama vindt dat flauwekul en verwijt hem dat hij niks doet in het huis-

houden. Het is hier dus allesbehalve leuk in huis. Heel anders dan vroe-
ger. Ik ga zoveel mogelijk de stad in en Victor is meestal bij zijn vrien-
den. Lina is lief, maar ik heb even geen behoefte aan haar eeuwige ge-
praat over Robin. Ik ben gewoon jaloers, moet ik eerlijk toegeven, maar
Lina verdient het niet dat ik dat laat merken.

Donderdag 29 maart

Ja, tussen Lina en Robin is het dik aan sinds het schoolfeest. Super
voor hen. Maar haar broer en haar ouders mogen niks merken, want
ze mag helemaal niet met jongens omgaan en zeker geen verkering heb-
ben. Dat is zoiets als met vuur spelen. Als ze gesnapt wordt, breekt de hel
los. Ik snap niet dat ze dat allemaal pikt. Het is je reinste onderdrukking.
Maar als ik denk aan wat er met Lina gebeurd is na dat schoolfeest, snap
ik wel dat ze er niet tegenin durft te gaan. Ik voel me trouwens nog steeds
rot over toen, want het was deels mijn schuld. Ik heb haar er tenslotte toe
overgehaald om stiekem mee te gaan naar het feest.
    Robin en Lina kunnen elkaar alleen in de bieb zien. Daar zijn ze
redelijk veilig, als ze tenminste de deur goed in het oog houden. Die ver-
kering wordt natuurlijk niks zo. Robin houdt dat nooit vol. Maar Lina
heeft dat nog niet in de gaten. Ze is juist zo gelukkig nu.
    Pap heeft vandaag gesolliciteerd op een school in Limburg. Maar
hij kreeg 's avonds al te horen dat hij die baan niet zou krijgen. Zielig
voor hem. Maar gelukkig voor mij, want ik mag er niet aan denken dat
we naar Limburg zouden verhuizen. Ik hoop dat hij hier in de buurt iets
vindt. Ik kan mijn vriendinnen echt niet missen en zeker Lina niet.

Vrijdag 30 maart

Een regelrechte ramp! Victor en ik krijgen vanaf april geen kleedgeld
meer! Ik ben heel boos geworden, en ik heb gehuild en gesmeekt, maar

papa is niet te vermurwen. Hij zegt dat we moeten bezuinigen tot hij weer een baan heeft, maar dat kan nog lang duren. Het is pure leeftijds-discriminatie dat hij nergens wordt aangenomen, zegt hij. Heel erg voor papa, maar nu dus ook voor ons allemaal.

Mama had vandaag weer vreselijke hoofdpijn en lag in bed. Toen ze beneden kwam, zag ik dat ze gehuild had. Ze deed alsof ze verkouden was, maar ze kan mij niet voor de gek houden. En gisteravond toen ik al in bed lag, hoorde ik pap en mam ruzie maken. Ze schreeuwden tegen elkaar. Papa vloekte. En mama huilde. Ik kon het gewoon niet aanho-ren. Heb dan maar snel mijn koptelefoon opgezet en de muziek loei-hard gezet. Kan er absoluut niet tegen als pap en mam zo tegen elkaar tekeergaan.

Nou krijg ik dus voortaan alleen mijn zakgeld nog, zeven euro per week. Net genoeg voor een paar ijsjes bij Milano. Mijn kleedgeld van maart is natuurlijk allang op. Het is echt rot, juist nu het voorjaar wordt en ik nieuwe spullen nodig heb. Ik zou een moord doen voor zo'n slim-fitjeans die je nu overal ziet verschijnen. Ik weet dat ik er de benen voor heb. Heb in de H&M een heel mooi, rood topje gezien met spaghetti-bandjes en een supercool spijkerrokje. Ik wil deze zomer echt niet rond-lopen in kleren van vorig jaar.

Ik moet en zal die toffe kleren van de H&M hebben. Voor mijn part ga ik ze jatten (grapje). Ik moet trouwens ook nieuwe make-up hebben. En nieuwe sneakers. En een zwarte legging. En een lingeriesetje. Onder andere dus.

Zaterdag 31 maart

Ik had vanmiddag erge ruzie met papa, omdat ik zeurde om geld. Hij viel zo uit tegen mij, dat ik de deur uit gerend ben. Liep een beetje door de stad te dwalen en toen kwam ik in die grote parfumeriezaak op de Grote Markt. Het was hartstikke druk daar en niemand zag dat

die make-up gewoon in mijn tas kukelde. Nou ja, bijna dan, ik gaf wel
een klein zetje. Drie prachtige lipsticks en een paar doosjes oogschaduw.
Van een superduur merk, echt topkwaliteit. Zou ik normaal nooit ko-
pen. Ik snap niet hoe ik het durfde. Maar het ging gewoon vanzelf,
omdat ik nog kwaad was. Ik heb dus gejat! Voor de eerste keer in mijn
leven. Ga het natuurlijk niet aan Lina vertellen. Wat zou die pissig zijn.
Dat is zo'n heilig boontje. Nou ja, zo erg is het toch niet? Mijn zakgeld
was op, maar mijn make-up ook. Iedereen vergeet toch wel eens iets te
betalen?

Woensdag 4 april

Ben nog even naar de H&M geweest om te kijken of ze die topjes en
rokjes nog hadden. Er hingen er nog maar een paar in maat 36. Weet
zeker dat óf Sandra óf Cindy er binnenkort in loopt. Dat verdraag ik
niet! Alsjeblieft, mama, geef me geld, ik móét kleren kopen! Nee, ik durf
het haar niet eens meer te vragen. Mama is veel te verdrietig. En papa?
Die luistert niet eens meer.

Donderdag 5 april

Yes! Heb ze! Ben er hartstikke blij mee. Niet te geloven! Helemaal voor
niks! Was niet moeilijk. Hield ze gewoon na het passen aan. Het rode
topje en het spijkerrokje. Kaartjes eraf. Mijn spijkerbroek en trui erover-
heen. Bij de deur ging het alarm wel af. Schrok me rot. Maar ik rende
snel een zijstraatje in. Het was zo druk in de winkel, niemand heeft
gezien dat ik het was!
     De kleren zijn geweldig! Ik kan ze alleen niet thuis dragen. Zal ze
snel na het ontbijt aandoen en dan meteen de deur uit naar school. Zul
je de meiden zien kijken. Vooral Sandra en Cindy! Die denken altijd
dat ze de eerste zijn in de mode. Mooi niet. Nu ben ik aan de beurt.

Lina heeft helemaal geen geld te besteden. Dan heb ik nog meer. Maar ik ben best veel gewend en veel kritischer dan zij. Ik snap niet dat ze die kleren van Zeeman nog steeds durft aan te doen. Ik zou er nog niet dood in gevonden willen worden. Als Victor nou maar niets gaat zeggen tegen mama of papa over mijn nieuwe kleren, want die ziet mij op school. Gelukkig let hij nooit op wat ik aanheb. Als mama of papa iets merken, zeg ik gewoon dat ik ze geleend heb van vriendinnen of zo. Maar eerlijk gezegd durf ik ze nu nog niet aan. Nog maar even wachten.

Ik ben het waard om mooie kleren te dragen. Waarom kunnen anderen dat dan wel en ik niet? Ik móést ze hebben. En daarmee uit.

Vrijdag 6 april

Kan het niet geloven! Heb een legging! Een zwarte, precies wat ik zocht. Had hem al in mijn tas voor ik er erg in had. Het was in zo'n klein kousenwinkeltje. Ik liep tussen een groepje andere meiden mee naar buiten. Ik dacht: als het alarm afgaat, kan het iedereen geweest zijn en glip ik er zo tussenuit. Maar het ging niet eens af. Makkie.

Victor krijgt ook geen kleedgeld meer, maar hij heeft een baantje in de buurtwinkel. Ik ben daar ook gaan vragen of ik mocht komen werken, maar ze vonden me te jong. Begrijp wat papa bedoelt met leeftijdsdiscriminatie. Het is anders maar stom werk, hoor. Niks aan, gewoon rekken vullen en zo.

Victor heeft niet eens veel geld nodig. Maakt nooit iets op. Kleren interesseren hem niet. Hij spaart voor een drumstel. Als dat ding hier in huis komt, gaan mijn ouders helemaal door het lint. Ze kunnen nu al niks meer hebben. Maar ik zou het op dit moment wel willen: heel lang en hard drummen. Overal op slaan. Trommelen tot ik de pijn niet meer voel. Welke pijn? Weet ik niet, ik voel het diep vanbinnen, alsof er schuurpapier zit.

Maandag 9 april

Stom, nou heb ik ze, maar durf ik ze niet aan te doen. Nog steeds liggen de nieuwe kleren diep achter in mijn kast. Het is ook nog te koud trouwens. Maar het zit me ook niet honderd procent lekker dat ik ze niet betaald heb.

Ik had nog nooit gestolen. Ik heb natuurlijk ook nog nooit zonder geld gezeten. Ik kreeg al een jaar lang zestig euro kleedgeld per maand. Kon altijd lekker shoppen en shoppen is superbelangrijk voor mij. Nou, mis dat maar eens van de ene dag op de andere. Andere meiden zouden dan ook wel af en toe 'proletarisch winkelen'. En toch kon ik er vannacht niet van slapen, ik voelde me dan ook de hele dag duf.

De sfeer hier in huis kan niet slechter. Mam zegt dat ze een fulltime baan wil zoeken en dat papa dan maar huisman moet worden. Razend werd pap toen hij dat hoorde. 'Geen denken aan! Dat is mijn eer te na!' riep hij. Nou hebben ze echt om de haverklap ruzie. Papa loopt dan boos naar buiten en mama huilend naar boven. Afschuwelijk. Ik ben echt bang dat ze gaan scheiden.

Ik zorg dat Lina voorlopig niet meer naar hier komt. En ik moet nog mijn Engels leren en wiskunde maken. Als ik ergens geen zin in heb ...

Gisteren speelden ze disco in het buurthuis, maar ik ben niet gegaan. Ik had helemaal geen zin om plezier te maken of te dansen. Voel me waardeloos. Een paar meiden hier uit de straat kwamen nog langs om me op te halen, maar ik zei dat ik te veel huiswerk had.

Dinsdag 10 april, halfnegen 's avonds

Terwijl ik dit schrijf, moet ik heel erg huilen, huilen en nog eens huilen. Beneden zitten ze tv te kijken. Ze merken er gelukkig niets van. Toen ik thuiskwam, ben ik meteen naar boven gerend.

Er is iets ergs gebeurd. Vanavond liep ik door de Bijenkorf, waar weer zo'n speciale koopavond was. Dan is het altijd lekker druk. Het was helemaal niet moeilijk om iets in mijn tas te laten glijden. Het lukte bij verschillende stands. Busje haargel, eyeliners, doosjes oogschaduw en, o ja, ook nog twee flesjes nagellak en bij de sieraden een leuke riem en een paar hippe kettinkjes. Ik krijg er echt slag van en als het allemaal lukt, krijg ik echt een kick.

Maar toen ... Het kon niet erger. Stond daar ineens de broer van Lina naast me.

'Kip, ik heb je,' zei hij, en hij griste mijn tas uit mijn handen! Het was duidelijk dat hij wist wat ik deed, hij had blijkbaar alles gezien, die gluiperd.

'Geef hier!' riep ik, maar ik kon niet keihard gaan gillen, dat besefte ik net op tijd.

'Je bent een winkeldief, ik geef je aan,' zei hij, met zo'n gemeen lachje.

'Nee!' riep ik, en ik probeerde de tas uit zijn handen te trekken, maar dat lukte niet. Toen wilde ik snel naar de uitgang lopen, maar hij greep me vast.

'Kom mee,' zei hij, en hij trok me mee naar buiten. Het alarm ging ook nog af, maar we werden niet gepakt. In het stille steegje achter de Bijenkorf kreeg ik op mijn kop van die gozer. Echt niet normaal. Dat ik een dief was, dat hij me aan zou geven bij de manager van de Bijenkorf en naar de politie zou gaan en dat ik nooit meer met Lina om mocht gaan.

Ik begon bijna te huilen. Ik zei: 'Ik breng het wel terug.'

'Nee,' zei hij keihard, 'jij brengt niks terug, jij doet wat anders en dat hoor je zaterdag. Om vier uur ben je hier.'

Hij schold me uit voor slet en hoer omdat ik altijd strakke truitjes en korte rokjes draag en hij riep dat ik het niet waard was de vriendin van zijn zus te zijn en dat hij niet vergeten was dat ik Lina had aange-

zet om stiekem naar het schoolfeest te gaan. *Hij hield me stevig vast. Heel eng, die arm om me heen. En toen gaf hij me ineens een harde zet. Nou, ik ervandoor.*

En nu moet ik gaan slapen, maar ik kan helemaal niet slapen. Voel me helemaal opgefokt. Hij heeft mijn tas nog, met alles erin! Mijn portemonnee, mijn schoolpasje, biebpasje en nog wat prulletjes. En natuurlijk alles wat ik gepikt heb. Dat is het ergste, natuurlijk. Gelukkig had ik mijn sleutels en mijn mobiel in mijn jaszak. Shit, shit, shit!

Woensdag 11 april, acht uur 's avonds

Ik weet het echt niet meer! Ben helemaal van streek. Moet vreselijk huilen, maar pap en mam mogen dat niet merken. Ze zijn toch al ongerust omdat ik de hele tijd op mijn kamer zit. Mama kwam vanmiddag wel drie keer vragen of ik niet wilde zeggen wat er was. Bijna had ik alles verteld, maar op het laatste nippertje kon ik het toch niet. Durfde niet.

Papa stuurde me om acht uur naar boven omdat ik chagrijnig was en boos uitviel. Mama riep net onder aan de trap heel lief of ik naar beneden wilde komen om erover te praten. Ik riep alleen maar: 'Nee, nee!' Ik was bang dat ze naar boven zou komen. Victor vraagt steeds wat er is, maar ik gil dan tegen hem dat hij zijn kop moet houden. Ik kan absoluut geen woord loslaten over wat er aan de hand is. Voor geen goud doe ik mijn mond open.

Ik moest natuurlijk gewoon naar school vandaag. Heb niet ontbeten, wilde niet dat ze aan tafel zouden zien dat ik gehuild heb. Heb mijn grootste trui en wijdste spijkerbroek aangetrokken en nu heb ik dus ook van die trutkleren aan, net als Lina. Kan haar broer me in ieder geval niet meer uitschelden voor slet en hoer. Ik weet echt niet wat ik moet beginnen. Ben gewoon bang van die gozer. Ik weet hoe agressief hij kan zijn.

Heb vandaag helemaal niets tegen Lina gezegd en ook niet gepraat met de andere meiden. Bang dat ik bij het eerste woord meteen weer zou gaan janken en alles vertellen. Dat kan natuurlijk absoluut niet. Ik vind het zielig voor Lina. Ze denkt vast dat ik boos ben op haar, maar dat ben ik niet. Zij kan er niks aan doen dat haar broer zo'n rotzak is. Hij stond vandaag gewoon met zijn vrienden op het plein en deed net of er niets aan de hand was en hij mij niet zag. Zaterdag moet ik om vier uur achter de Bijenkorf staan. Komt hij daar dus. Hoe krijg ik mijn tas terug? Wat wil hij van mij?

Donderdag 12 april

Voel me rot, rot, rot. Lina stuurt me briefjes in de klas, maar ik durf niet terug te schrijven. In de pauzes zorg ik dat ik ver van de meiden blijf. Durf echt niet met Lina te praten, zo bang ben ik dat Achmed me wat doet als hij me bij haar ziet staan.

Ik ben zo bang voor zaterdag. Zal ik niet gaan? Maar wat doet hij dan? Gaat hij dan naar de Bijenkorf om mij te verraden als dievegge? Kan makkelijk, hij heeft alles, mijn naam en adres en de dingen die ik gepikt heb ...

Vrijdag 13 april

Kon het niet laten. Ben na school meteen de stad in gegaan en heb weer gescoord. Sexy topje, met kruisbandjes op de rug, legergroen. Echt top. Kostte eigenlijk 39 euro! De kleur past supergoed bij mijn blonde haar. Ik snap zelf niet hoe makkelijk het gaat, zelfs zonder grote tas. Je moet het gewoon onder je kleren aandoen of in je tas verstoppen en dan is het zaak om razendsnel de winkel uit te schieten tussen andere mensen, zodat het niet opvalt. Iedereen blijft aarzelend staan als het alarm afgaat en kijkt in zijn tassen. Daar reken ik op om ongezien te verdwijnen. In de parfumerie kon ik nog een geurtje meepikken. Jammer dat ik nergens een slimfitjeans kan jatten. Dat is te moeilijk, want die kun je niet onder je broek aandoen of wegstoppen.

Het truitje troost me, net als dat luxeflesje eau de toilette. Kan het wel gebruiken. Voel me echt klote. Zit vreselijk in de zenuwen voor morgenmiddag. Moet ik gaan? Ja, ik moet wel. Zal ik toch maar Lina in vertrouwen nemen? Ze schoof vanmorgen weer een briefje naar me toe. Ik heb het weggeveegd met mijn arm en ze moest het van de grond oprapen. Nou denkt ze zeker dat ik kwaad op haar ben. In de pauze stuurden de meiden me een lief sms'je. Ik haalde mijn mobiel niet eens tevoorschijn, ik wist dat het van hen kwam. Ik zag dat ze naar me stonden te kijken terwijl Cindy op de toetsen van haar mobiel tikte. Later heb ik het gelezen, maar ik heb niet gereageerd.

Nee, durf niet met Lina te praten. Was vanmorgen bijna begonnen met alles te vertellen. Hield nog net op tijd mijn mond. Want als Achmed te weten komt dat ik er met Lina over praat, vermoordt hij me.

Ik ben radeloos.

Rotsfeer in huis. Papa is kwaad op mij omdat er niets te eten was vanavond. Ik moest eigenlijk koken omdat mama weer eens hoofdpijn heeft en al de hele dag op bed ligt. Ik was natuurlijk te laat thuis en was het glad vergeten. Trouwens, waarom kan hij niet koken? Of Victor? Die was weer lekker sporten. Hij wel. We hebben brood gegeten. Leuk weekend wordt dit ...

Kan niet eens die leuke kleren aan die in mijn kast liggen. Als die rotbroer van Lina me nu in hippe kleren ziet, wordt het nog erger. Ik doe ze af en toe aan voor de spiegel en ik zie dat ze me perfect staan. Voel me dan eventjes beter. Maar dan verstop ik ze maar weer bij de riem en de kettinkjes, achter in mijn kast. De make-up en het geurtje moet ik ook verstoppen. Mama kent de prijzen van parfum wel en ze zou willen weten hoe ik aan zulk duur spul kom.

Zaterdag 14 april, halftwaalf 's avonds

De afschuwelijkste dag van mijn leven ...
Mijn ogen prikken van het janken. Het is nu al halftwaalf. Ik kan wel naar bed gaan, maar ik weet zeker dat ik vannacht niet zal kunnen slapen. Ik kan dus maar beter opschrijven wat er precies gebeurd is.
Om vier uur was ik op de afgesproken plaats om mijn tas terug te krijgen. Ik wist dat ik daar iets tegenover zou moeten stellen. Maar wat? Ik had aan van alles gedacht. Misschien wilde hij een kus (moet dan maar), of moest ik voor hem iets stelen (doe ik niet, ga ermee kappen), of misschien wilde hij wel seks (nooit van mijn leven) of moet ik drugs verkopen op school (doe ik ook niet).
Ik was zo bang, dat ik trilde over mijn hele lijf. Het leek alsof mijn knieën elastieken waren toen ik naar de stad liep. Ik had mijn lompe kleren weer aan. Nog een hoofddoek en ik kon het zusje van Lina zijn.
Hij stond al te wachten met zijn brommer. Stoer bruinleren jack en zwarte broek. Als je hem zo ziet staan en hem niet kent, is hij best een jongen om verliefd op te worden. Lang en breed, maar niet grof. Leuk gezicht met lichtbruine ogen en zwart haar. En hij ziet er altijd heel verzorgd en goed gekleed uit. Ik weet dat veel meiden gek op hem zijn, maar hij moet ze niet. Hij is arrogant, dat zegt ook iedereen. Het is zielig om te zien hoe sommige meiden zichzelf showen om bij hem in de gunst te komen. Ik weet dat ze geen kans maken omdat ze niet islamitisch zijn. Hij kijkt neer op Nederlandse meisjes, vindt ze allemaal hoeren. Mij dus ook.
Gelukkig was hij in zijn eentje. Ik ging expres goed rechtop lopen, met mijn neus in de wind. Ik wilde niet zwak en zielig overkomen en zeker niet schuldbewust.
'Zo,' zei hij, 'ben je daar eindelijk.'
Ik wees naar de torenklok. 'Kun je niet klokkijken, het is precies vier uur.'

54

'Luister,' zei hij. 'Dit is wat je moet doen om je tas terug te krijgen.'
'Waar heb je hem?' vroeg ik meteen.
'Nog thuis, maar dat komt wel goed,' zei hij. 'Het gaat hierom: volgende week donderdag om halfvijf komt er iemand uit Frankrijk iets ophalen en het is de bedoeling dat jij het hem geeft daar langs de rijbaan onder dat eenrichtingsbord. Het zit in een plastic tas van de Blokker, tussen wat speelgoed. Die Fransman rijdt in een zwarte Mercedes met dit nummerbord. Leer het vanbuiten en versnipper het papiertje daarna.'

Toen gaf hij me een petieterig snippertje papier met een Frans nummerteken erop.

'Je krijgt eerst een enveloppe met geld van die man en dan pas geef je die tas aan hem. Ik ben in de buurt, dus als de auto vertrokken is, loop je om naar de ingang van de Bijenkorf. Daar geef ik jouw tas terug en dan heb ik jou daar nooit zien jatten. Oké?'

Ik wist meteen waar het om ging: drugs. Wie weet wat voor spul er in die tas zou zitten. Weed, marihuana, cocaïne, heroïne, andere pillen, weet ik veel. Misschien wel paddo's. Of misschien wel van alles wat. Een grote schat dus, waarschijnlijk duizenden euro's waard.

'Ben je helemaal gek!' riep ik. 'Dat doe ik niet, hoor. Ik denk er niet aan. Neem daar maar iemand anders voor.' Ik schrok me echt wezenloos. Drugs, daar wil ik helemaal niks mee te maken hebben.

'Wat geeft dat nou, het is vijf minuten werk. Ze vragen jou vanuit de auto de weg naar de Grote Markt en terwijl jij die wijst, geven ze jou die enveloppe en die stop je goed in je zak. Meteen daarna geef je hun die tas en dat is alles. Ze rijden meteen door. Je moet er hetzelfde uitzien als vandaag en doe je haar in een staartje met een rood lintje eromheen.'

'Veel te gevaarlijk en ik haat drugs. Hoe durf je het mij te vragen.'

'Fout, Lotte, ik vraag het je niet, je doet het gewoon. Anders zorg ik dat iedereen weet dat je een winkeldief bent en dan breng ik jouw tas naar de Bijenkorf. Doe maar niet alsof jij een heilige bent, want dat ben je niet. Geloof me maar, je bent er gloeiend bij en je zit binnen de kortste keren op het politiebureau als je dat pakje niet bezorgt.'

'Jij bent dus een drugsdealer, een crimineel!'

'En wat ben jij dan?' Hij lachte zo gemeen, dat ik mijn tranen niet kon tegenhouden.

'Hier,' zei hij. 'Alvast een cadeautje. Probeer maar eens, het geeft je een fantastisch gevoel en je bent nergens meer bang voor.' Hij liet een paar pilletjes in mijn jaszak glijden.

'Tot donderdag. Ik zie je hier om halfvijf. Dan is het nog lekker druk in de stad en val je niet op met zo'n grote plastic tas.'

Ik heb niks meer gezegd en ben hard weggelopen.

Hoe het me gelukt is, weet ik niet, maar ik heb mijn tranen kunnen inhouden tot na het eten. Papa en mama hebben niets gemerkt en Victor was gelukkig gaan sporten.

Wat moet ik nou toch doen? Moet ik naar de politie gaan? Nee, dan ben ik er zelf ook bij.

Zondag 15 april

Vanmiddag is Lina gekomen. Wilde haar wegsturen, maar eigenlijk was ik ook wel blij dat ze er was. Ik zat al de hele dag op mijn kamer, deed alsof ik hoofdpijn had. Had ik niet, maar ik voelde me wel heel akelig en eenzaam. Lina werd boos, wilde dat ik zou zeggen wat er was. Uiteindelijk heb ik haar wel verteld van het pikken en dat Achmed het gezien heeft. Maar niet dat hij mijn tas heeft en niet over de drugs. Dat durfde ik niet.

Lina is echt mijn beste vriendin. Ze was zo aardig en drong niet verder aan. Ik mis haar zo. Ik zal morgen weer gewoon doen tegen haar. Ik ben toch ook gek om zo schijterig te zijn voor Achmed? Waarom zou ik hem ook nog eens mijn vriendin laten afpakken?

Maar toch … Ik ben hartstikke bang van die kerel. Hoe moet het toch allemaal goed komen?

Maandag 16 april, vijf uur 's middags

Op school ga ik weer om met Lina en de anderen. Maar rustig voel ik me niet bij hen. Als Achmed ziet dat ik met zijn zus praat … Maar toch ben ik graag bij mijn vriendinnen, dan voel ik me niet zo alleen.

Toch nog iets leuks te schrijven. Lina's moeder verwacht een baby. Toen Lina dat vandaag vertelde, voelde ik me even helemaal warm en blij worden. Een baby, zo'n lief en onschuldig klein mensje. Het is fijn om daaraan te denken in plaats van aan mijn probleem. Ik wil dat het kindje mij tante Lotte gaat noemen als het leert praten.

Zeven uur 's avonds

Probeer niet te denken aan donderdag, maar het blijft door mijn hoofd malen. Het is alsof ik onder een zware, drukkende deken lig die mij stilaan doet stikken. Ben op van de zenuwen en mijn maag voelt als een steen. Ik moet ieder kwartier naar de wc en in gedachten zie ik steeds Achmed met die tas van de Blokker in zijn handen en wat daarin zit. Dan begin ik helemaal te trillen en krijg ik kippenvel. Ik ben doodsbang dat ik gesnapt zal worden door de politie. En wat dan? Ik moet echt naar beneden gaan, alles vertellen. Het moet echt. Zal ik nu …

Nee! Ik begin helemaal te beven als ik eraan denk hoe pap en mam zullen reageren. Ik durf niet, ik durf niet, ik durf niet! Ik schaam me dood dat ik zoveel gejat heb.

Een uur later

Voel me steeds rotter. Weet me helemaal geen raad meer. Was ik maar dood. De hele tijd lopen de tranen uit mijn ogen. Ik kan ze niet stoppen. Ik wist niet dat je je zó slecht kon voelen. Het voelt als erge pijn.

Zal ik zo'n pilletje van Achmed nemen? Het is een drug, maar voor één keer kan het toch geen kwaad? Dan voel ik me misschien beter. Achmed zei dat ik me dan fantastisch zou voelen en nergens meer bang voor zou zijn. Ja, kan mij het schelen. Ik doe het, want zo hou ik het niet vol. Ik moet rust hebben. Ik ga nu naar beneden om ze uit mijn jaszak te halen.

Halfnegen

Zit al een halfuur met de pilletjes in mijn hand te piekeren of ik ze wel of niet in zal nemen. Maar slechter dan dit kan ik me niet voelen. Ben helemaal in paniek. Word gek als ik nu niets doe. Hou het niet vol. Ga een glas water pakken.

Heb ze nu ingenomen … Alle twee. Later zal ik opschrijven of het geholpen heeft. Ik kruip nu gauw in bed en ga slapen.

11 Als een boze droom

Dinsdag 17 april

Het is bijna middernacht als Lina het dagboek van Lotte met een diepe zucht dichtslaat. Even blijft ze roerloos liggen. Dan slaat ze het dekbed van zich af, staat op en rekt zich uit. Ze heeft kramp in haar nek en schouders, en haar ogen doen pijn van het lezen bij het zwakke licht van het bedlampje. Het is zo erg en zo onwezenlijk wat ze gelezen heeft, dat ze even bij moet komen. Het is alsof ze een boze droom heeft gehad. Bibberend gaat ze op blote voeten naar de wc en dan stilletjes naar beneden. In het donker trekt ze de koelkast open en zet een pak melk aan haar lippen.

Met gulzige teugen drinkt ze de melk. Dan gaat ze terug naar haar kamer, knipt het bedlampje uit en kruipt rillend van de kou diep onder haar dekbed. Slapen, denkt ze. Ik wil alleen maar slapen en niet denken aan wat ik gelezen heb.

Maar Lina kan niet slapen. Ze ziet voortdurend Lotte voor zich. Een verdrietige Lotte die steelt. Die stiekem dingen pikt in winkels. Niet één keer, maar meerdere keren. Niet een reep chocolade of kauwgom, maar heel dure spullen. Ze ziet hoe ze opgewonden de winkels uitschiet. Ze ziet hoe ze thuis voor de spiegel de kleren past en dan eventjes blij is. Ze ziet hoe ze in de Bijenkorf gesnapt wordt door Achmed en hoe hij haar vastgrijpt en bang maakt.

Ze ziet hoe wanhopig Lotte in haar kamer zit te huilen en hoe ze na lang aarzelen de twee pillen slikt om zich beter te voelen. Ze ziet hoe Lotte begint te wankelen, moet overgeven en doodziek is in plaats van zorgeloos en vol durf.

En ze ziet haar broer. Ze ziet hoe hij in de coffeeshop rustig pakketjes maakt van poeders en pilletjes. Ze ziet hoe hij ze in een plastic zak van de Blokker stopt met wat speelgoed erbovenop. Ze ziet hoe hij met de tas op zijn brommer stapt en naar het plein rijdt waar hij met Lotte heeft afgesproken. In het aangrenzende steegje achter de Bijenkorf stopt hij snel de tas in Lottes handen en onmiddellijk daarna racet hij weg.

Op het plein komt langzaam een grote zwarte Mercedes aanrijden. Hij stopt onder het verkeersbord waar Lotte naast staat. Lina ziet hoe Lotte door het open raampje met de bestuurder praat. Hij heeft een witte enveloppe in zijn hand en doet alsof hij Lotte de weg vraagt. Lotte wijst richting Grote Markt.

En dan staan er ineens twee grote, boze politieagenten naast haar. Ze moet de tas afgeven. Als de agenten zien wat erin zit, wordt Lotte ruw vastgegrepen en krijgt ze handboeien om. Lotte wordt weggevoerd in een politieauto. Er komen nog meer agenten, die de chauffeur en de andere mannen arresteren en de auto doorzoeken.

En dan ziet ze ineens Lotte lijkwit en broodmager in een kleine, kale gevangeniscel op een smalle bedbank zitten. Haar blonde haar hangt vettig en in slierten rond haar gezicht. Ze draagt een katoenen gevangenispak. Ze smeekt Lina om haar te helpen. Maar Lina kan niets doen. Dan begint Lotte hard te krijsen en te schreeuwen en wild om zich heen te slaan. Lina vlucht weg en rent en rent tot ze bijna geen adem meer heeft.

Happend naar adem en nat van het zweet schiet ze plotseling overeind. Angstig staren haar ogen het duister in. Een nachtmerrie. Er is niets gebeurd met Lotte. Opgelucht zakt ze weer terug op haar bed. Urenlang ligt ze nog te woelen en te draaien. Morgen, denkt ze. Morgen moet ik iets doen. Maar wat?

Ze denkt aan Achmed, die boven op zolder rustig ligt te slapen. Ze zou het liefst met veel kabaal de trap op rennen en hem uitschelden voor crimineel en schoft. Ze zou hem zijn bed uit willen sleuren. Eisen dat hij Lottes tas teruggeeft.

Maar ze blijft liggen en probeert te slapen. Morgen. Ze weet wat haar te doen staat. Ze zal in Achmeds kamer de tas van Lotte zoeken en hem naar Lotte brengen. Hoe het dan verder zal gaan, weet ze niet. Haar broer mag haar nog zo bedreigen, nog zo mishandelen, wat hij haar ook zal aandoen, ze zal niet laten gebeuren wat ze in haar nachtmerrie gezien heeft. Ze gaat haar vriendin helpen.

Woensdag 18 april

Lina heeft slechts een paar uur geslapen als haar zusjes uitgelaten op haar bed springen en aan haar armen trekken. Ze slaat ze wild van zich af, waardoor de meisjes verontwaardigd beginnen te krijsen. Lina zou zelf wel willen krijsen, want ze voelt een vreemde pijn vanbinnen. Een pijn waarvoor geen pleisters bestaan.

Ze probeert aan Robin te denken. Vanmiddag hebben ze immers afgesproken in de bibliotheek. Hoewel ze er intens naar verlangt Robins arm om zich heen te voelen en zijn lippen op haar wang, is ze te veel van streek om te genieten van het fijne vooruitzicht.

Als ze beneden komt, ziet ze Achmed aan tafel zitten met een studieboek in zijn ene hand en een boterham in zijn andere. Alsof er niets aan de hand is, zo zit hij daar. Hij is fris gedoucht, heeft gel in zijn haar en de geur van dure aftershave hangt om hem heen. Lina voelt een driftbui opkomen die ze maar met moeite kan onderdrukken. Ze zou haar broer willen uitschelden, hem toeroepen dat hij een dief is, een chanteur, een drugsdealer, dat hij in de gevangenis thuishoort. Als ze het maar durfde ...

Ze zou hem willen aangeven bij de politie, maar beseft dat het geen zin zou hebben. Behalve die tas afpakken, heeft hij nog niets strafbaars gedaan. Nee, hij zou met die drugs op heterdaad betrapt moeten worden.

Bovendien zou ze haar broer uiteindelijk nooit verraden. Hij is en blijft toch haar broer. Ze kan hem niet aangeven. De politie moet erbuiten blijven.

Als ze aan tafel schuift, kijkt Achmed niet op of om. Lina zegt niets tegen hem. Zoals iedere ochtend zit ze tussen Suja en Fahti. Ze besmeert hun boterhammen met pindakaas, snijdt ze in kleine stukjes en zorgt dat de meisjes er niet alleen mee spelen, maar ze ook opeten. Zelf drinkt ze een beker thee en lepelt langzaam een kuipje yoghurt leeg. Ze heeft geen trek.

Vader zit in zijn pyjama voor de televisie en eet daar zijn ontbijt. Moeder is in de keuken. Even gaat het door Lina heen dat ze haar ouders zou kunnen inlichten over Achmeds plannen. Maar zouden ze haar geloven? Achmed is hun oogappel, hun prins. Haar vader noemt hem altijd zijn kroonprins. Achmed kan geen kwaad doen.

Nee, ze moet iets verzinnen waarmee ze haar broer kan verhinderen zijn plan uit te voeren. Maar eerst moet ze Lottes tas zien te vinden in zijn kamer, dan kan hij Lotte niet meer chanteren met haar winkeldiefstal. Hopelijk heeft hij de tas mee naar huis genomen en niet in de coffeeshop laten liggen. Dat betekent wel dat ze vanmiddag niet naar de bieb kan om samen te zijn met Robin. Hoe moeilijk het ook is om haar afspraakje af te zeggen, Lotte gaat nu voor.

Lotte is vandaag weer niet op school, wat Lina niet verbaast.

Sandra vertelt dat ze tevergeefs geprobeerd heeft met Lotte te chatten. 'Ze is nooit online. Ik heb haar ook nog een mailtje gestuurd, maar er komt niks terug. Weet jij hoe het met Lotte is?'

'Nog ziek,' zegt Lina. 'Ik ben gistermiddag bij haar langs geweest. Ze heeft erge buikgriep en het kan nog wel een paar dagen duren voor ze weer beter is.'

'Zielig,' zegt Cindy. Daarna begint ze een verhaal over een jongen op wie ze heimelijk verliefd is, maar die verliefd is op een ander meisje, dat Joyce heet. Maar Joyce is niet verliefd op hem, ze valt op Jeremy.

Dat weet Cindy heel zeker. Maar Jeremy is niet verliefd op Joyce. Lina luistert maar met één oor en kan er geen touw aan vastknopen. Ze zegt een paar keer op goed geluk 'goh' en 'ja' en 'pech, hoor'. Zodra ze Victor ziet, laat ze Cindy staan en loopt meteen naar hem toe.

'Hoe is het nou met Lotte?' vraagt ze bezorgd.

'Mijn moeder vond dat ze toch de huisarts moest bellen, want Lotte wil nog steeds in bed blijven en voelt zich helemaal niet goed. Hij komt om vijf uur vanmiddag langs. Overdreven, natuurlijk, maar zo zijn ouders, hè, altijd overbezorgd.'

Lina schrikt. Zou de dokter merken waarvan Lotte zo ziek is geworden? Komt alles dan uit? Of zou Lotte geen uitweg meer zien en het zelf vertellen? Ze moet ervoor zorgen dat ze Lotte haar tas terug kan geven vóór de dokter langskomt. Dan hoeft Lotte zich geen zorgen meer te maken en kan ze de afspraak met Achmed vergeten. Hopelijk is alles dan voorbij. Ze moet Robin laten weten dat hun afspraak niet doorgaat. Wat voor smoes zal ze verzinnen? Te veel huiswerk, altijd goed. Achmed staat bij het hek, gelukkig met zijn rug naar haar toe. Snel loopt ze naar de plek waar Robin altijd met zijn vrienden te vinden is. Ze tikt op zijn arm.

'Luister,' zegt ze haastig. 'Ik kan vanmiddag niet komen.'

'Hoezo?'

'Leg ik later wel uit,' zegt ze met een knikje in de richting van Achmed, die zich juist weer omdraait.

Robin knikt. Gelukkig, hij begrijpt dat ze het nu niet kan uitleggen.

Ze ziet Achmeds priemende ogen op zich gevestigd.

'Vervelende klier, ik krijg je nog wel!' mompelt ze boos in zijn richting terwijl ze snel terug naar de oude kastanjeboom loopt, waar Cindy haar verwijt dat ze ineens wegliep en niet goed naar haar verhaal luisterde.

'Ga verder,' zegt Lina met geveinsde belangstelling. 'Ik ben een en al oor.'

12 De tas van Lotte

Gelukkig is Lina's vader niet thuis. Hij zou zeker vragen wat ze op Achmeds kamer te zoeken heeft. Haar moeder kan Lina om de tuin leiden.

'Moeder, zal ik de zolder eens goed stofzuigen? Het wordt zo zwaar voor u, dat gesjouw met dat ding de trappen op en af.'

Haar moeder kijkt verrast op. 'Lief van je,' zegt ze waarderend.

'Zorgt u dan wel dat Suja en Fahti niet naar boven komen?'

Haar moeder knikt en zet de televisie aan. De Teletubbies, dat is boffen. Met chips en limonade blijft de tweeling wel een tijdje op de bank zitten.

Lina stofzuigt zorgvuldig de zolder en kamer van Achmed. Daarna gaat ze op zoek. Vorige week heeft ze wel rondgekeken, maar niet echt goed. Ze wist toen niet wat ze moest vinden. Nu wel. Eerst maar eens in de kast kijken. Met kloppend hart opent ze de spiegeldeur en tast achter de stapel spijkerbroeken en T-shirts. Het is gelijk raak. Met een schok van opwinding haalt ze hem tevoorschijn: de tas van Lotte. Ze opent de rits en ziet meteen de luxelipsticks en doosjes mascara. Gloednieuw, met de streepjescodes er nog op. Hoe durfde Lotte toch ... Dit is zeker voor zestig euro make-up.

Nog even aarzelt ze. Wat zal er gebeuren als Achmed merkt dat de tas weg is? Zal hij haar meteen verdenken? Zal hij in woede uitbarsten? Natuurlijk zal hij dat doen, maar hij kan haar niets verwijten, want dan moet hij toegeven dat hij de tas van Lotte afgepakt had. Wat voor verklaring kan hij daarvoor geven? Hij zal heus niet vertellen wat hij er verder mee van plan was, zelfs niet als hij vermoedt dat Lina het weet. Maar toch, met een wee gevoel in haar maag neemt ze de tas mee naar beneden. Nu moet ze er nog ongezien mee weg zien te komen.

Ze steekt haar hoofd om de keukendeur. 'Moeder, ik moet nog even naar Lotte, een boek lenen. Ik blijf niet lang weg, hoor.'

'Is goed, maar voor vijf uur thuis, hè!'

Nog steeds is Lina een beetje verbaasd dat haar moeder zo toegeeflijk is geworden. Maar het went snel. Wel doet ze haar hoofddoek om. Ze moet onderweg geen problemen krijgen, ze zou best haar vader tegen kunnen komen.

Lotte ligt op bed voor zich uit te staren. Ze glimlacht flauwtjes als ze Lina ziet binnenkomen.

'Kijk eens wat ik voor jou heb!'

Lina zet met een plof de tas op het dekbed. 'Ik heb hem gevonden in Achmeds kamer.'

Lottes gezicht kleurt langzaam rood. Haar ogen beginnen te stralen.

'O! Het is niet waar! O, Lina, je bent geweldig! Dank je wel! Fantastisch!'

Ze spreidt haar armen uit en trekt Lina naar zich toe. Ze houdt haar vriendin stevig vast en barst dan in huilen uit.

'Meid,' snottert ze, 'ik voel me gelijk beter. Maar …'

Ze kijkt ineens beschaamd. 'Lina… heb je mijn dagboek gelezen? Je weet nu alles? Ook dat ik …'

'Natuurlijk, en ik ben me rot geschrokken, Lotje. Hoe kon je toch … Maar daar hebben we het later wel over.'

Lotte zucht opgelucht en praat er snel overheen. 'Ja, we moeten snel bedenken wat we moeten doen. Je broer zal ziedend zijn als hij merkt dat mijn tas weg is. Dan weet hij dat ik het jou verteld heb … Hij zal ons allebei wat aandoen … Ik ben hartstikke bang.'

'We doen gewoon niks,' zegt Lina vastbesloten. 'Je blijft morgen lekker thuis en mijn broer moet maar zien wat hij doet. Als hij niet het lef heeft om die plastic tas zelf aan die Fransman te geven, dan laat hij het maar. Des te beter.'

'Ben jij dan niet bang voor je broer? Hij is in staat je bont en blauw te timmeren, ja toch?'

'Zien we dan wel weer.'

Terwijl Lina dit kordaat zegt, voelt ze een kramp in haar maag. Ze is helemaal niet zo zelfverzekerd als ze hoopt over te komen.

'Straks komt de dokter, hè? Wat ga je hem zeggen?' vraagt ze.

Lotte lacht. 'Dat het over is. Maar niet hoe dat ineens komt. Weet je wat? Ik sta op en kleed me aan.'

'Goed idee!'

'Lina, heb je vanmiddag niet afgesproken met Robin in de bieb?'

'Heb ik afgezegd.'

'O, Lientje, wat ben jij toch een schat! Als ik ooit iets voor jou kan doen!'

'Dat onthoud ik, hoor! Kom je morgen naar school?'

'Denk het wel.'

Als Lina op het punt staat weg te gaan, zegt Lotte: 'Hé, ik heb een idee. Het is pas halfvier. Je kunt toch nog naar de bieb om Robin te zien?'

'Ik heb al afgezegd.'

'Je kunt hem toch even bellen? Je weet in welke straat hij woont? Nou dan, vraag de telefoongids even aan mijn moeder.'

Lina aarzelt. Durft ze dat wel, Robin opbellen?

'Doe het nou maar, anders krijg je spijt!' dringt Lotte aan.

'Oké, ik doe het!'

Binnen tien minuten heeft Lina Robin aan de lijn gehad, hebben ze een afspraak gemaakt en fietst Lina opgetogen naar de bibliotheek.

13 Een wankel bankje bij het Bloempjesven

Robin en Lina komen tegelijk aan. Snel zetten ze hun fietsen vast en lopen naar binnen. Zodra ze in de hal staan, omhelst Lina hem enthousiast, alsof ze helemaal niet bang meer is dat ze gezien zullen worden of dat hij het zal uitmaken. Robin reageert een beetje verbaasd, maar zijn ogen laten duidelijk zien dat hij er blij om is. En voor ze het weet, flapt Lina eruit: 'Je hebt gelijk, Robin, we moeten geen verstoppertje meer spelen. Ik heb het recht om bevriend te zijn met wie ik wil en mijn broer heeft daar niets over te zeggen. Wij doen trouwens niets verkeerd. We gaan voortaan gewoon met elkaar om, zoals iedereen die verkering heeft. Komt wat ervan komt.'

Is ze overmoedig geworden, voelt ze een zekere triomf omdat ze Achmed eindelijk de baas kan zijn? Misschien wel. Ze voelt zich in ieder geval heel zeker over haar besluit.

'Wat ben je lief,' zegt Robin, en hij geeft haar een zoen. 'Als het moet, kan ik ook vechten met je broer, hoor. Ik doe karate, dat weet je.'

'Nou, zo'n film wil ik niet. Maar Achmed weet heel goed dat ik me niet meer door hem laat aftuigen. Dat was ik even vergeten. Bij de eerste klap kan ik zo naar de politie lopen, dat hebben ze me zelf verzekerd.'

En ik weet nu dingen van hem ... Hij zou wel eens bang van mij kunnen worden in plaats van ik van hem, denkt ze. Maar dat zegt ze niet hardop.

'Weet je, Robin. Ik snap zelf niet dat ik me altijd zo op mijn kop laat zitten door mijn broer. Het slaat nergens op. Victor bewaakt Lotte toch ook niet. Broers en zussen zijn evenveel waard en moeten juist aardig voor elkaar zijn, elkaar helpen.'

'Zo, je hebt nogal nagedacht de afgelopen week.'

'Ja, ik laat me niet meer kisten. En ... ik wil jou niet kwijt.'

'En je vader dan? Die blijft wel de baas over jou en je mag van hem geen verkering met mij hebben.'

'Tja, mijn vader. Dat is wat anders. Nou ja, hij moet er ook maar aan wennen, hoor. Bovendien is er iets waar hij heel erg blij om is, misschien wordt hij daardoor wel een klein beetje toegeeflijker.'

'Wat dan?'

'Niet lachen, hoor, Robin. Hij ... wordt opnieuw vader. Ik krijg een broertje in september.'

'Wat vertel je me nou! Hoe oud is je vader eigenlijk?'

'Vijftig.'

'Wel een beetje oud, en je moeder?'

'Vijfendertig.'

'Dat is jong genoeg om een baby te krijgen, toch? Hoe vind jij het?'

'Hmm, het was wel even schrikken, maar nu mijn ouders er zo blij om zijn ... Dat kindje dat op komst is, verandert de sfeer in huis. Mijn moeder is helemaal veranderd. Ze was altijd somber en liep altijd te mopperen op mij en de tweeling. Maar nu ... Ze verkeert in hoger sferen. Ze lacht veel meer en ze breit babytruitjes en ze kan ineens veel meer hebben van mijn zusjes. En van mij ook eigenlijk, hoewel ik natuurlijk altijd al een engel ben thuis.'

'Niet alleen thuis,' zegt Robin, en hij geeft haar nog een zoen. 'Lina, ik ben blij dat we eindelijk gewoon samen de stad in kunnen. Dat jij dat durft. Zullen we een eindje gaan fietsen?'

'Oké. Naar het bos bij het Bloempjesven is het maar tien minuten.'

Het is onwennig om naast een jongen door de stad te fietsen. Nerveus spiedt Lina om zich heen of ze geen Marokkaanse jongens ziet die haar kunnen verraden. Maar alles gaat goed.

Een beetje onwennig zitten ze even later naast elkaar op een wankel houten bankje aan het kleine meer. De wind is koud, maar de zon blikt tussen de wolken door. Zwijgend kijken ze een tijdje naar de eenden in het water en de duiven die om hen heen trippelen. Lina vermoedt dat Robin aan hetzelfde denkt als zij. Zullen we kussen? En dan slaat Robin zijn arm om Lina heen en trekt haar naar zich toe. Hij brengt wat onzeker zijn gezicht dicht bij dat van haar. Heel dicht. Lina bloost ervan, maar als vanzelf openen haar lippen zich als die van Robin de hare raken. Lina voelt hoe Robins tong aarzelend haar mond verkent, rond haar tong cirkelt. Ze beantwoordt zijn kus zonder dralen. Alsof ze het altijd geweten heeft dat het fijn zou zijn om die ene jongen te zoenen. De jongen aan wie je de hele dag denkt, voor wie je in stille uren op je kamer gedichtjes schrijft die hij nooit te lezen krijgt, de jongen die je bij gebrek aan een foto probeert te tekenen, de jongen voor wie je 's ochtends bezorgd voor de spiegel staat om te zien of je wel mooi genoeg bent voor hem, de jongen die je 's nachts in je dromen ziet, soms in een droom waar je je 's ochtends een beetje voor schaamt.

Ze gaan volledig in elkaar op. Tussen het zoenen door kijken ze elkaar in de ogen, een beetje verlegen en een beetje verwonderd.

Dit is het, denkt Lina opgetogen. Dit is waarover al eeuwenlang gezongen wordt. Eindelijk voelt ze de vlinders in haar buik waar ze het altijd over hebben. Ze snuift Robins geur op. Ze wist wel dat hij lekker zou ruiken. Ze voelt zijn hand onder haar hoofddoek friemelen. Hij trekt hem los en zijn vingers gaan door haar haren, spreiden haar krullen om haar schouders, spelen om haar oor. Ik hou van hem, gaat het door haar heen. Ze zou wel uren zo kunnen blijven zitten. Woorden zijn niet nodig. Het is genoeg om elkaar vast te houden, elkaar te liefkozen.

In de verte slaat een torenklok. Vijf uur.

'Ik moet weg!' Lina trekt zich plotseling terug en staat op. 'Ik moet onmiddellijk naar huis voor mijn vader er is!' Ze knoopt snel haar hoofddoek weer om.

'Begrijp ik.' Robin geeft Lina nog een zoentje op haar neus.

'Dit vergeten we nooit meer, hè,' zegt Lina.

'Nog in geen honderd jaar,' zegt Robin.

Zwijgend fietsen ze samen terug naar de stad, Lina goed wegge-stopt in haar hijab en Robin met zijn blonde haren wapperend in de wind. Lina heeft het gevoel dat ze door een onzichtbare, gouden draad verbonden zijn.

Het laatste stuk fietst Lina alleen. Een beetje beschaamd heeft ze tegen Robin gezegd: 'Nee, breng me toch maar niet verder naar huis, daar zijn te veel bekenden die me kunnen zien.' En deze keer nam Robin haar bezorgdheid voor lief.

Nu ze bijna thuis is, begint het te stormen in haar hoofd en in haar lijf. Weg is haar overmoed. Straks komt Achmed thuis en wat dan? Zal hij vanavond nog naar Lottes tas zoeken? Of morgenvroeg pas? En heeft iemand haar misschien toch zien kussen met Robin en weet hij dat intussen? Dan breekt de hel los.

Als ze in de gang haar schoenen uittrekt en haar jack ophangt, trilt ze van de zenuwen. Fahti en Suja kwetteren, springen om haar heen, trekken aan haar armen. Ze hebben altijd zo veel te vertellen. Maar Lina rent de trap op en laat zich voorover op haar bed vallen. Het mooiste wat ze in haar leven heeft meegemaakt, waar ze nu heel in-tens van zou willen nagenieten, wordt overschaduwd door het ge-heim van Lotte en Achmed, het nare geheim dat op haar drukt. Ze weet niet waar ze het zoeken moet van angst voor haar broer, die bin-nen een uur thuis zal komen. De tranen lopen over haar wangen. Hardop huilt ze, hartverscheurend. Haar zusjes staan beteuterd te kij-ken naar hun grote zus. Dan lopen ze naar beneden om aan hun moeder te vertellen dat Lina aan het huilen is.

14 Angstig en blij

'Wat is dat nou, Lina? Wat is er gebeurd?' Lina's moeder staat naast haar bed.

Lina is niet in staat iets te zeggen. Ze kan alleen maar met haar hoofd schudden. Haar moeder legt haar hand op Lina's schouder.

'Zeg het maar, Lina, zeg het alsjeblieft.'

Lina keert haar gezicht naar haar moeder.

'Het is Achmed ...' zegt ze tussen haar snikken door, 'het is Achmed ... en Lotte ... ik kan het niet zeggen. Ik moet met Achmed praten.'

Haar moeders ogen worden groot van schrik. Ze slaat haar handen voor haar mond. 'Heeft Achmed Lotte ...'

'Nee, dat is het niet. Laat me maar met rust, moeder. Ik moet nadenken.'

Haar moeder blijft staan en streelt Lina over haar haren.

'Ik moet ... ik moet met Achmed praten,' snottert Lina. 'Ja, dat moet ik. Wilt u dat tegen hem zeggen als hij thuiskomt? Dan blijf ik hier wachten.'

'Goed, ik zal het zeggen. Rust maar even uit.'

Lina snikt zacht nog wat na. De huilbui heeft haar wel wat opgelucht, maar de angst is niet weg. *Ik moet met Achmed praten* heeft ze gezegd zonder erbij na te denken. Wil ze dat wel? Ja, dat is het enige wat ze kan bedenken. Uitgeput valt ze in slaap.

'Lina, kom je eten?' Haar moeders stem onder aan de trap.

Even is ze de kluts kwijt, ze weet niet of het ochtend, middag of avond is. Maar de heerlijke etensgeuren die van beneden opstijgen, vertellen haar dat het over zessen moet zijn. Etenstijd. Kennelijk is Achmed nog niet thuisgekomen. Langzaam loopt ze de trap af.

In de woonkamer kijkt haar vader haar een moment verwonderd aan.

'Heb jij gehuild, dochter?'

Lina knikt.

'Is er iets gebeurd?'

'Nee, het is niks.'

Haar vader neemt genoegen met haar antwoord. Hij installeert zich zoals iedere avond in zijn fauteuil voor de televisie. Suja vraagt Lina of ze nog moet huilen. Lina trekt haar mond in een lachje. 'Nee, het is over,' zegt ze. 'Komen jullie helpen met de tafel dekken?'

In de keuken helpt ze haar moeder met opscheppen. Het liefst zou ze haar alles vertellen, maar de angst om Achmed te verraden houdt haar tegen. En ze wil haar ouders sparen. Haar moeder mag geen nare dingen horen nu ze in verwachting is en haar vader zou misschien weer een hartaanval krijgen als hij hoort dat zijn zoon dealt. Dus houdt ze haar mond.

Zoals iedere avond helpt Lina na het eten met de afwas. Ze veegt de kamer en brengt haar zusjes naar bed.

Daarna wacht ze zenuwachtig op haar kamer tot haar broer thuiskomt. Ondertussen bereidt ze zich voor op het gesprek. Ze moet gewoon open kaart spelen. Er zit niets anders op. Ze zal zeggen dat ze Lottes dagboek mocht lezen en zo alles te weten is gekomen. Ze zal zeggen dat hij met slechte dingen bezig is, dingen die hun vader absoluut zou afkeuren. En dat het heel gemeen is dat hij Lotte wilde chanteren. En dan zal ze vertellen dat ze de tas van Lotte aan haar teruggegeven heeft.

Achmed kan dan wel heel boos worden, maar hij zal zich moeten inhouden. Hij kan niet gaan schreeuwen, hij kan haar niet slaan of schoppen. Hun ouders zijn beneden en kunnen ieder lawaai en geschreeuw horen. Dat geeft Lina een veilig gevoel.

Ze probeert haar huiswerk te maken, maar ze kan zich niet concentreren. Haar broer en Robin verdringen zich in haar hoofd om aandacht. Ze probeert alleen aan Robin te denken en niet aan Achmed, maar het lukt niet. Ze voelt zich heen en weer geslingerd tussen blijdschap en angst.

Om tien uur is Achmed nog steeds niet thuis. Haar moeder komt Lina's kamer binnen om te vragen of zij weet waar hij is.

'Natuurlijk weet ik dat niet,' zegt ze. 'Hij vertelt mij toch nooit wat.'

Haar moeder blijft aarzelend staan.

'Lina, kun je nu zeggen waarom je zo moest huilen?'

'Nee, moeder, echt niet. En nu moet ik huiswerk maken.'

'Goed dan,' zegt haar moeder. 'Dan moet je het zelf maar weten.'

Als Achmed rond elf uur nog steeds niet thuis is, besluit Lina maar naar bed te gaan en alles op zijn beloop te laten. Maar eerst haalt ze nog even haar agenda uit haar tas. Dolgraag zou ze alles uitgebreid opschrijven zoals Lotte, maar dat is veel te riskant. Het wordt nu alleen: ☺☺! *Rn lvs Ln!* ☺☺! *Hppy!!!*

15 Midden in de nacht

Lina schrikt wakker. Ging de bel nou? Of was het de telefoon? Ze gaat recht overeind zitten en spitst haar oren. Ja, het was de bel. Hij gaat nog een keer. Wie kan dat zijn? Achmed? Zo laat? Heeft hij geen sleutel?

Ze hoort haar vader mopperend uit de slaapkamer komen. Hij loopt langzaam de trap af en opent de voordeur. Lina komt uit bed en blijft boven aan de trap staan om te zien wie er gebeld heeft. Haar vader heeft de lamp niet aangedaan. In het schemerdonker kan ze niet zien wie er aan de deur staat, maar wel horen. Het is Achmed niet. Ze hoort een vreemde mannenstem. Hij zegt iets waarvan vader lijkt te schrikken. 'Wat?' roept hij uit. 'Wat bedoelt u?'

De man praat rustig, haar vader ingehouden boos. Lina kan niet goed verstaan wat ze zeggen, maar tot haar schrik hoort ze de woorden 'uw zoon' en 'politie'. Zoals altijd als haar vader boos of nerveus wordt, begint hij te kuchen. Als hij nu maar geen zware hoestbui krijgt zoals op de avond waarop hij haar mishandelde. Toen volgde er een hartaanval op.

Haar vader laat de man binnen. Ze gaan de huiskamer in. Nu kan Lina helemaal niets meer horen van wat er gezegd wordt. Ze vermoedt dat het een politieagent is die iets naars te vertellen heeft. Plots is ze bezorgd om haar broer. Is er iets gebeurd met hem? Heeft hij een ongeluk gehad?

Haar moeder komt bibberend in haar nachthemd naast haar staan.

'Wie was daar nou aan de deur? Midden in de nacht?' vraagt ze bezorgd.

'Weet ik niet, een man,' zegt Lina. 'Hij is met vader in de huiskamer.'

'O, als er maar niets gebeurd is met Achmed. Kijk eens boven of hij wel in bed ligt?'

Lina loopt naar boven, maar ze weet eigenlijk al dat het bed van haar broer niet beslapen zal zijn.

'Achmed is er niet,' zegt ze rustig als ze weer op de overloop staat. 'Hij moet nog thuiskomen.'

Haar moeder barst in snikken uit. 'O, mijn zoon ... mijn zoon ... Ik weet het al, hij is dood, hij is verongelukt ...'

Lina zegt niets. Ze slaat haar arm om haar moeder heen en zo wachten ze samen tot haar vader naar boven zal komen.

Na een minuut of vijf laat haar vader de man uit. Nerveus mopperend komt hij de trap op en blijft op de overloop bij hen staan.

'Dit is heel erg, vrouw,' zegt hij op ernstige toon. 'Onze zoon zit op het politiebureau. Er is een politiecontrole geweest in de coffeeshop waar hij werkt. De politie heeft ontdekt dat er een veel te grote voorraad drugs aanwezig was. Vanavond was Achmed ook in die coffeeshop. De eigenaren zijn opgepakt en Achmed wordt ook vastgehouden. Hij moet vannacht op het politiebureau blijven.'

Lina's moeder slaat haar handen tegen haar hoofd. 'O nee, o nee, mijn zoon in de gevangenis, o Allah, sta me bij. Dit is verschrikkelijk!'

Haar vader zegt niets meer. Hij verdwijnt in de slaapkamer.

Lina staat stokstijf stil. Ze is ook geschrokken van de woorden van haar vader. Maar ze is ook opgelucht. Gelukkig heeft Achmed geen ongeluk gehad, hij mankeert niets. Ze beseft dat ze ondanks alles toch van haar broer houdt.

Een inval in de coffeeshop ... een te grote voorraad. De bestelling van die Fransen, natuurlijk! Daar heeft de politie dus lucht van gekregen. Het betekent dat het morgen niet doorgaat. Die mannen uit Frankrijk zullen voor niks naar Nederland reizen en hier in de stad uitkijken naar een blond meisje met een rood lint om haar paardenstaart en met een grote plastic tas in haar hand dat staat te wachten onder het eenrichtingsbord achter de Bijenkorf. Lekker puh! Een zware last valt van haar af. Net goed, broertje van me, denkt ze. Slaap jij maar eens een nachtje in de cel. Eigen schuld, dikke bult.

Ze voelt medelijden met haar moeder, die blijft jammeren dat ze haar zoon nu kwijt is, dat ze hem misschien in geen jaren zal zien.

'Toe nou, moeder,' beurt Lina haar op. 'Achmed zit gewoon op het politiebureau, niet in de gevangenis. Er is niks aan de hand. Hij werkt alleen maar in die coffeeshop en vanavond was hij er gewoon om wat te kletsen met de jongens daar. Hij is nergens verantwoordelijk voor. Ze kunnen hem heus niks verwijten, hij is niet schuldig.'

Ze geeft haar moeder een zoen en duwt haar zachtjes de slaapkamer in. 'Gaat u nou maar lekker slapen, morgenochtend komt Achmed weer naar huis!'

Maar zelf kan Lina niet meer in slaap komen. Ze bedenkt dat de inval van de politie in de coffeeshop haar en Lotte goed uitkomt. En vooral ook Achmed. Nu loopt die stommeling van een broer tenminste geen risico om opgepakt te worden als drugsdealer. Het lot is hem goedgezind geweest.

Wat zou ze graag Lotte even bellen en haar geruststellen. Morgenvroeg zal ze dat zeker doen, neemt ze zich voor.

Ze hoort nog heel lang haar moeder onderdrukt snikken en haar vader die daarop met ingehouden woede reageert. Lina begrijpt hoe erg het voor haar ouders is dat Achmed wordt vastgehouden. Vooral voor haar vader is zoiets onverdraaglijk. Zijn zoon, zijn kroonprins, die als een crimineel een nacht moet doorbrengen op het politiebureau ... Het is een schande en een vernedering voor zijn eer als vader.

16 See you

De volgende ochtend lukt het Lina niet om Lotte te bellen voor ze naar school gaat. De hele tijd blijft haar vader in de woonkamer, waar de telefoon staat. Ze hoopt dat Lotte op school zal zijn, zodat ze kan vertellen wat er gebeurd is.

Haar moeder staat met rode ogen in de keuken. Ze is stil. Er is niets over van haar opgewekte gedrag van de laatste tijd.

Haar vader zit met een slaperig gezicht voor de tv en zegt geen woord. Als Suja en Fahti luidruchtig beginnen te kibbelen, staat hij op en geeft hun allebei een draai om de oren. Hevig gekrijs is het gevolg. Lina is blij dat ze om kwart over acht de voordeur achter zich kan sluiten.

Lotte is er, gelukkig. Lina loopt op het speelplein haastig op haar af. Ze moet met haar vriendin praten voor de andere meiden aankomen.

'Lotte, luister snel: gisteravond is er een politiecontrole geweest in de coffeeshop waar mijn broer werkt. Guess what? De voorraad drugs was veel te groot! De eigenaars zijn aangehouden, maar Achmed ook. Hij is vannacht niet thuisgekomen. Hij zit nog vast op het politiebureau!'

Lottes mond valt open van verbazing. 'Wauw! Ben ik van alles af! En hij is dus vandaag ook niet op school. Jemig, ben ik voor niks zo bang geweest voor vanmiddag. Nou ja, lullig natuurlijk voor jouw broer, maar het is toch zijn eigen schuld? Moet hij zich maar niet bezighouden met zo'n bestelling.'

'Natuurlijk, net goed, hoor. Kan hij alleen wat van leren, mijn broertje. Ik zit niet over hem in. Maar hij heeft tot nu toe eigenlijk niks strafbaars gedaan, dus het zal wel goed aflopen met hem. Maar misschien wordt die coffeeshop nu wel gesloten.'

'Des te beter! Weet hij het al, dat je mijn tas hebt teruggegeven?'

'Nee, dat komt nog. En ik ben nu niet meer bang, hoor. Is de dokter trouwens nog langsgekomen?'

'Ja, hij heeft in mijn keel gekeken, aan mijn pols gevoeld … En toen zei hij dat ik beter was en weer naar school kon.'

'Lotte,' zegt Lina plotseling ernstig. 'En dat andere, waar je ook over geschreven hebt … Je weet wel wat ik bedoel, wat doe je daarmee?'

'O, dat ?' Lotte krijgt een kleur. 'Is voorbij. Doe ik niet meer.'

'Maar …'

'Wil ik liever later met jou over praten, op mijn kamer, niet hier. Kom je morgen na school mee naar mij, ja?'

Lina begrijpt het wel. Hier zijn te veel oren om hen heen.

'Oké,' zegt ze. 'Morgen dan, als ik weg mag thuis.'

En nu kan Lina niet langer haar mond houden over het fijne nieuws dat Robin en zij elkaar voor de eerste keer gekust hebben. 'Echt gezoend, hoor. We hebben getongd. Het was super! Nu gaat het niet meer uit tussen ons. En ik laat me ook niet meer op mijn kop zitten door die broer van mij. Let maar op. Ik ga hem voortaan juist lekker op stang jagen. Komt wat ervan komt.'

'Goed zo! Je moet hem lekker uitdagen. Dat heeft hij verdiend.' Lotte wijst naar het hek. 'Daar komt Robin aan. Nu ga je zeker wel naar hem toe?'

Lina aarzelt. Achmed is niet op school en de kust is vrij. Toch durft ze niet naar Robin toe te lopen, hem een zoen te geven, naast hem te lopen. Wat is dat toch, die innerlijke vrees, die angstkriebels in haar lijf om hem gewoon aan te spreken? Zit de angst voor haar broer en vader voor altijd in haar, of ze nu aanwezig zijn of niet? Of heeft het ook te maken met haar onzekerheid ten opzichte van Robin? Zelfs na gisteren?

Als de bel gaat, kan Lina haar verwarrende gevoelens even laten voor wat ze zijn. Voor de leraar aan de les begint, vraagt Lotte nog fluisterend hoe het precies voelde om te zoenen. Dat wil Lina maar al te graag aan haar beste vriendin vertellen.

'Het ging vanzelf, het voelde lekker en warm en lief. Je moet het zelf maar eens doen.'

'Met Robin?' plaagt Lotte.

'Als je dat doet, stuur ik mijn broer op je af! Nee, wacht maar tot je zelf verliefd wordt. Keus genoeg, toch?'

In de kleine pauze vat Lina moed. Het is toch te gek om niet naar je vriendje te durven gaan. Maar voor zij op hem toeloopt, komt hij zelf al op haar af.

'Hoi,' zegt hij, en hij geeft haar een snelle zoen op haar wang. Zo snel dat Lina begrijpt dat hij zich ook niet helemaal op zijn gemak voelt. Misschien schaamt hij zich ook om op het schoolplein een zoen te geven, zeker nu Lina's vriendinnen staan te kijken en meteen beginnen te giechelen.

'See you!' zegt Robin. Hij is weg voor Lina iets heeft kunnen zeggen.

'Nou, dat is dik aan tussen jullie!' plaagt Cindy. 'Wil je mijn mobiel even lenen, Lien? Kun je nog even een sms'je sturen met een dikke kus.'

'Nou gaan jullie toch niet iedere dag hier staan slijmen, hè. Daar kunnen wij niet tegen, hoor!' Dat is Sandra.

Lina glimlacht alleen maar, ze geniet van de plagerijtjes. Ze willen het natuurlijk niet laten merken, die meiden, maar ze zijn stikjaloers!

17 Ik kan het

Lina doet zo gewoon mogelijk als ze Achmed aantreft in de woonkamer. Door het raam ziet ze haar moeder in de tuin de was afhalen. Suja en Fahti zijn ook buiten en tekenen met stoepkrijt op de betonnen tegels. Het treft dat ze nu even met Achmed alleen kan zijn.

'Hoi,' zegt ze zo gewoon mogelijk terwijl ze op de bank neerploft. 'Hoe was het op het politiebureau?'

'Ben jij in mijn kamer geweest? Heb jij in mijn kast gezeten?' barst Achmed los. 'Heb jij daar wat weggehaald?'

'Ja, de tas van Lotte. Die heb ik meteen teruggebracht naar haar. Wat deed die tas trouwens in jouw kast?'

'Niks mee te maken! Jij hebt niet in mijn kamer te komen en te snuffelen. Als je dat nog één keer doet, dan sla ik je in elkaar, begrepen?' Hij kijkt haar dreigend aan, maar deze keer begint Lina niet te beven. Ze voelt een ongekende kracht in haar lijf, in plaats van de gebruikelijke angstkriebels.

Lina kijkt haar broer recht in de ogen. 'En jij hebt geen spullen van mijn vriendin te stelen!' zegt ze boos. 'En je hebt haar gechanteerd. Zal ik dat eens aan vader vertellen? En weet de politie al wat jij van plan was? Zijn ze daarom die coffeeshop binnengevallen?'

'Lotte heeft jou voorgelogen. Ik had die tas gewoon gevonden op het schoolplein en mee naar huis genomen. Wilde hem mee naar school nemen om hem aan haar terug te geven.'

'Mooi verhaal,' zegt Lina kalm, 'alleen is het niet waar.'

'En nog wat!' roept Achmed. 'Iemand heeft jou zien fietsen met die gozer, Robin van de Voort. Ik wist wel dat je een oogje op hem had, slet die je bent. Je bent verloofd met Jafar, dat weet je best. Je gaat niet met jongens om. Dat zal ik jou nog wel eens goed inpeperen, als je dat maar weet! Je bent een slet, een hoer!'

Hij staat op, balt zijn vuisten.

Lina wordt bang, maar ze laat zich niet uit het veld slaan. Ze negeert de angstkriebels in haar lijf die ineens toch weer opspelen. Nu komt het eropaan.

'Je doet maar wat je niet laten kunt,' zegt ze zo kalm mogelijk. 'Je weet dat ik me met geen vinger meer laat aanraken. Niet door jou en ook niet door vader. Nooit meer. Ik ga meteen naar de politie. En Robin is mijn vriend. Ik ga met hem om en jij hebt daar niks over te zeggen. Helemaal niks! Hoor je dat, he-le-maal niks!' Het laatste schreeuwt ze toch uit.

Ze is zelf verbaasd over haar tirade. Dat ze zo tegen haar broer tekeer zou durven gaan, had ze nooit gedacht. Ik kan het, ik ben hem de baas, denkt ze opgetogen.

Achmed staat haar met grote ogen aan te kijken. Hij zegt niets. Het lijkt alsof hij zijn houding opnieuw moet bepalen. Hij laat zijn handen zakken en draait zich om.

'Trut,' zegt hij alleen. 'Trut. Ga op het dak zitten.'

Lina merkt dat hij haar niet durft te slaan.

Plotseling ziet Lina haar broer zoals hij echt is. Uiterlijk een macho, maar innerlijk onzeker. Eigenlijk is hij zielig, er voortdurend op uit indruk te maken op zijn vrienden. Hij wil ze overtroeven met dure dingen, wat niet lukt omdat hij die tot zijn ergernis niet kan kopen. Alleen door hand-en-spandiensten in de drugshandel kan hij genoeg geld verdienen om een paar leren jasjes, een merkbroek of een dure gsm te kopen.

Maar om respect te krijgen van zijn zus, heeft hij dergelijke dingen niet nodig. Over zijn zus kan hij zonder problemen heersen, van zijn zus kan hij zonder meer respect verwachten, zijn zus kan hij aan. Hij heeft zijn vuisten gereed, dus zijn zus móét wel tegen hem opkijken.

Zo was het. Maar zo zal het niet meer zijn.

Moeder komt de kamer binnen met haar armen vol wasgoed en met de tweeling op haar hielen. Achmed gaat zwijgend naar boven. Suja en Fahti springen zoals gewoonlijk op Lina af, trekken aan haar trui. Fahti haalt al een stapeltje prentenboeken uit de kast. Alles is als vanouds en toch is er iets belangrijks veranderd.

In haar agenda schrijft Lina 's avonds: ☺ *Rn lvs Ln* ☺*!! Lt oké!!* ☺*!! Ik nt bng mr!!*

18 Lina en Lotte

Vrijdag 20 april, vier uur 's middags

Met een grote zak chips zitten ze op Lottes bed tegen een paar grote kussens. Hun schoenen hebben ze uitgedaan. Een fles cola en glazen staan op het tafeltje naast het bed. Lotte heeft een paar kaarsjes aangestoken. Uit de stereo klinken de laatste hits, niet te hard, want Lottes moeder ligt met hoofdpijn op bed.

Lina vertelt over gisteren, over haar confrontatie met Achmed en hoe ze het gevoel heeft hem nu aan te kunnen.

'Je had hem moeten zien toen ik toegaf dat ik jouw tas had gevonden op zijn kamer en die teruggegeven had aan jou. Woest was hij. Maar hij deed niets. En hij schreeuwde dat hij het wist van Robin en mij en dat hij mij dat nog wel een keer zou inpeperen en zo. Ik zei meteen dat ik bij de eerste klap naar de politie zou gaan. Nou, voor het woord politie is hij voortaan allergisch, dat snap je. Volgens mij voelt hij zich een enorme loser, met zijn stomme gedoe om mee te helpen bij drugshandel, om jou te chanteren en vooral omdat hij mee moest naar het politiebureau. Het is een enorme afgang voor hem. En er zal nog wel een straf volgen ook. Op zijn minst een taakstraf of zo.'

'Echt goed van je, Lien,' zegt Lotte. Maar Lina hoort aan haar stem dat ze er niet helemaal met haar gedachten bij is. Ze zouden immers over wat anders praten. Daarom zitten ze hier.

'Zeg eens eerlijk,' begint Lina. 'Ben je nou blij met die kleren, die make-up, met al die dingen die je gejat hebt?'

'Nee,' zegt Lotte. 'Eerst was ik er wel heel blij mee, hoor. Eventjes maar. Als ik thuiskwam en de spullen uit mijn tas kon halen en bekijken. Maar daarna niet meer. Gek is dat.'

'Hoe kwam je er toch bij om dingen te pikken? Vind ik niks voor jou, eigenlijk.'

'Weet ik ook niet. Ging vanzelf, vooral die eerste keer dan. Voelde me vreselijk depri en toen ik door de stad liep, kreeg ik ineens zin om iets mee te pikken. Het was ook leuk om van die dure make-up te hebben, zomaar voor niks. En toen wou ik het weer doen en toen weer en ineens was het heel gewoon.'

'Heb je al iets gebruikt van die make-up?'

'Nee, niets.'

'En die kleren? Heb je ze al aangehad?'

'Ook niet.'

'Laat ze eens zien, die kleren en kettinkjes.'

Lotte duikt in haar kast en haalt alles tevoorschijn. Het spijkerrokje, de topjes, de legging, de riem en de kettingen. De meeste kaartjes hangen er nog aan. Ineens staat ze er wat beschaamd mee in haar handen.

'Ik snap niet dat ik dat allemaal gejat heb. Zo veel. Ik wil er niks meer van hebben. Raar maar waar. Wat zal ik ermee doen?'

'Breng alles terug!'

'Dan gaat het alarm toch weer af? Word ik toch nog gesnapt.'

'Tja ...'

Alle twee zitten ze met denkrimpels in hun voorhoofd.

'Weggooien is zonde,' zegt Lotte. 'Wil jij die kleren en spullen hebben?'

'Nee, echt niet! Maar doe eens wat aan, voor de lol.'

Lotte lacht. 'Oké. Modeshow.'

Het rokje, het rode topje, het tweede topje, de legging ... het zit haar allemaal als gegoten. Ze trippelt door de kamer als een mannequin en draait een sierlijk rondje voor het bed.

'Wauw! Tof!' roept Lina uit. 'Staat je hartstikke goed. Cool, sexy.'

'Ja, jammer, maar ik wil ze niet meer.'

Lotte trekt weer haar eigen kleren aan.

'Wat nu?' vraagt ze.

Lina haalt haar schouders op.

'Laat mij eens,' zegt ze dan, en ze trekt haar trui en spijkerbroek uit. Verbaasd bewondert ze zichzelf even later in de hippe outfit voor de spiegel.

'Jemig, ik lijk echt wel iemand anders in zulke kleren,' verzucht ze. 'Jammer, mag niet van mijn ouders. En ik heb er ook geen geld voor, net als jij dus. Helaas pindakaas. Ik doe ze maar weer uit.'

'Wacht even,' zegt Lotte. Ze rommelt tussen de kleren in haar kast en trekt er een spijkerbroek uit. Ze houdt hem Lina voor.

'Pas deze eens,' zegt ze.

Lina trekt hem aan. De broek past precies.

'Hou hem maar,' zegt Lotte.

Lina kijkt haar vriendin verrast aan. 'Echt, meen je dat nou? En vindt je moeder dat wel goed?'

'Natuurlijk meen ik het. En mijn moeder vindt het prima, weet ik zeker.'

Lina geeft Lotte een zoen. 'Tof van je! Morgen doe ik hem meteen aan!'

Daarna gaan ze weer op het bed zitten. Ze drinken cola, snoepen van de chips en denken na over wat ze moeten doen met de gestolen spullen.

'Ik heb een idee,' zegt Lina ineens. 'Je kunt toch alles per post terugsturen? De adressen van de winkels vinden we wel in de Gouden Gids of op het internet.'

'Hé! Keigoed idee! Doen we.'

Ze maken per winkel een lijstje van alles wat Lotte heeft meegenomen. Lotte haalt papier en doosjes uit de bergkast in de woonkamer en dan beginnen ze keurige pakketjes te maken, voor iedere winkel één.

'Zal ik er een briefje bij doen?' vraagt Lotte.

'Ja, zou ik doen, anders snappen ze er niks van. Maar je moet die briefjes niet met de hand schrijven, je weet maar nooit. Je moet ze typen. En dan zet je er natuurlijk niet je naam onder.'

Terwijl Lina verder gaat met inpakken, kruipt Lotte achter de computer. Ze vindt alle adressen. Dan typt ze het briefje en richt het aan de managers van de verschillende winkels.

Geachte meneer, mevrouw,

Een tijdje geleden heb ik wat spullen meegenomen uit uw winkel zonder ze te betalen. Het spijt me nu dat ik dat gedaan heb. Daarom stuur ik u alles hierbij terug.

Met mijn oprechte excuses,
Een meisje van dertien jaar

Samen brengen ze de pakketjes naar het postkantoortje in de buurt. Ze zijn er net voor sluitingstijd. Maar ze hebben een probleem: geen geld voor postzegels. Stom, dat hadden ze over het hoofd gezien. Weifelend staan ze aan het loket. Wat nu? De beambte wacht geduldig. Tot ze plotseling een vrolijke stem achter zich horen.

'Zo, zijn jullie al voor Sinterklaas bezig? Beetje vroeg, toch?'

Dat is boffen, het is Steven, een buurjongen van Lotte. En hij wil wel even voorschieten.

'Je moet wel even wachten voor ik je terug kan betalen,' zegt Lotte. 'Het is bij elkaar veertien euro twaalf. Over twee weken heb ik het pas. Is dat goed?'

Steven haalt zijn portemonnee tevoorschijn. 'Tuurlijk, alsjeblieft.'

Even later zijn alle spullen onderweg naar waar ze vandaan kwamen.

Tevreden lopen de meisjes terug naar Lottes huis.

'Lekker om van alles af te zijn,' zegt Lotte opgelucht.

'Hoe was dat nou, toen je die pillen slikte, die drugs?' vraagt Lina nieuwsgierig. 'Voelde je echt helemaal niks positiefs?'

'O nee, helemaal niet. Ik dacht echt dat ik doodging. Mijn hoofd leek wel een ballon die werd opgeblazen, zo voelde het tenminste. Alles in mijn kamer begon te draaien en te bewegen. Heel eng. Mijn benen gingen trillen en toen was het net alsof er geen gevoel meer in zat. En ik kreeg het eerst heel warm en daarna moest ik rillen van de kou. En ik werd kotsmisselijk. Ik snap nog steeds niet hoe ik in de badkamer ben gekomen, maar ik heb daar in de wc overgegeven. Gelukkig was Victor in de buurt. Ik was zó bang. Het duurde allemaal zo lang. Mijn moeder wilde de dokter halen, nou ja, verder weet je het wel. Het was echt klote. Vertel dat maar aan die rotbroer van jou! Hij is dus ook nog eens schuldig aan die buikgriep van mij.' Haar stem klinkt ineens heel boos. 'Hij had mij die rotpillen nooit mogen geven.'

Lina zegt niets. Zwijgend lopen ze verder.

Maar dan slaat Lotte ineens haar arm om Lina's schouders.

'Sorry, Lien. Het is voorbij en ik ben natuurlijk niet boos op jou. Jij kunt er niks aan doen. Jij hebt me juist hartstikke goed geholpen.'

19 Lina en Robin

Zondag 22 april, halftwee 's middags

Deze zondag regent het niet. De lucht is blauw en de zon geeft al veel warmte. Verlangend kijkt Lina naar buiten. Het is echt weer om iets leuks te doen. Het is weer om in het park te zitten met je vriendje.

Maar Lina zit binnen en probeert haar huiswerk te maken aan de grote eettafel, al lukt het niet echt om haar gedachten erbij te houden. En zoals gewoonlijk storen haar zusjes haar weer. Maar ze durft de kamer amper te verlaten. Tegen beter weten in wacht ze op een telefoontje van Robin. Hij heeft haar nummer wel, maar hij durft haar waarschijnlijk niet te bellen. Hoewel ... Ze heeft zo'n voorgevoel ... Maar stel dat hij juist belt als ze de kamer uit is. Haar vader zit daar in zijn leunstoel, hij doet zijn middagdutje voor hij naar de moskee gaat. Als hij de telefoon opneemt en een jongensstem hoort ... Wat dan?

Robin is voortdurend in haar gedachten. Ze verlangt zo erg naar hem, dat haar hart sneller gaat kloppen als ze iemand voorbij hoort lopen op straat, hoewel ze best weet dat het Robin niet kan zijn. Hij zou nooit zomaar bij hen aanbellen.

Ze denkt terug aan woensdag, aan hun eerste kus. Het was het mooiste moment van haar leven.

Weer dwalen haar ogen naar buiten. Wat zou het tof zijn om samen met Robin iets te doen. Gewoon een eindje fietsen, of wat slenteren door de stad, of bij Milano een ijsje eten, of wat dan ook. Als ze maar bij elkaar kunnen zijn.

Buiten schijnt de zon, maar in huis is de sfeer nog steeds bedrukt. Lina's vader is in zichzelf gekeerd sinds donderdagnacht. Lina vermoedt dat hij nog steeds geschokt is door wat er gebeurd is met

Achmed. Hij weet niet eens wat Achmed van plan was en denkt dat zijn zoon niets te maken had met de grote voorraad drugs. Toch is hij boos, weet Lina. Boos omdat zijn zoon met de politie in aanraking is geweest en zich heeft laten oppakken. Maar hij houdt zich in. Hij verbergt zijn boosheid en teleurstelling. Nog nooit is hij uitgevallen tegen Achmed of heeft hij hem geslagen, ook nu zal hij dit niet doen. Maar de verbeten trek op zijn gezicht zegt genoeg.

Haar moeder breit wel aan het babytruitje, dat al bijna af is, maar af en toe veegt ze een traan weg. Tegen Lina heeft ze gezegd dat Achmed hun gezin te schande heeft gemaakt.

Achmed zelf is dit weekend naar Abdul, tenminste, dat zei hij toen hij wegging gisteren. In ieder geval kan hij niet meer werken in de coffeeshop. Die is gesloten. Waarschijnlijk is hij nergens strafbaar voor, dat hoorde ze hem beweren toen hij Abdul belde. Komt hij nog goed weg ook. Lina hoopt dat hij wel straf krijgt. Ze zou graag een taakstraf voor hem bedenken. Straatvegen, bijvoorbeeld, of plantsoenen schoonmaken of vuilnis ophalen. Dingen die toch allemaal gedaan moeten worden, maar waar hij zich veel te goed voor voelt.

Met een zucht slaat ze haar biologieboek dicht. Ze rekt zich uit en loopt naar de brievenbus waar ze de zondagse krantjes door hoort schuiven. Ze besluit maar een beetje te gaan zitten lezen.

Juist als ze de kamer weer binnenkomt, gaat de telefoon. Ze loopt er snel naartoe. Met een haastige blik naar haar vader zegt ze haar naam.

'Hé ... Lina, eh ... met Robin. Heb je misschien zin om langs te komen? We hebben een nieuwe hond sinds gisteren. Kom je kijken? Kun je thuis weg?'

'Ja, hoor, dat kan wel,' zegt Lina zo achteloos mogelijk. 'Ik kom meteen even langs.'

Als ze neergelegd heeft, veegt haar vader de slaap uit zijn ogen.

'Wie was dat?' vraagt hij geeuwend.

'Iemand van school, wil mijn biologieboek lenen. Ben er net klaar mee.' Lina haalt het boek van tafel en laat het zien.

'Nou, ga dan maar even. Over een uur thuis zijn.'

Dat ze dat mag! Zo haastig heeft Lina nog nooit haar hoofddoek omgeknoopt. Speciaal voor haar vader komt ze nog even terug de kamer in, zodat hij kan zien dat ze er keurig uitziet, zoals hij het wil. Hij glimlacht zelfs naar haar!

Er blijkt helemaal geen nieuwe hond bij Robin in huis te zijn.

Lina lacht om zijn leugentje. 'Kon je niks anders bedenken?'

'En jij dan. Waarom heb je dat stomme biologieboek in je hand?'

'Snap je toch wel? Is nog nodig. Maar ik krijg mijn ouders nog wel zover dat ik geen smoesjes meer nodig heb om jou te zien. Hoop ik toch.'

Robin slaat zijn arm om haar schouder. 'Wat zullen we gaan doen?'

'Eindje fietsen! Wat denk je van het Bloempjesven?'

Wil je reageren op dit verhaal? Of wil je meer informatie over het boek, de schrijfster of andere boeken van haar? Surf dan eens naar *www.clavisbooks.com* of *www.corinenaranji.nl.*

Als je van dit verhaal hebt genoten, zijn de volgende boeken ook zeker iets voor jou!

Het vorige boek van Corine Naranji, *Lina & Lotte*

Wat zou Lina graag naar het schoolfeest gaan! Helaas mag ze niet van haar vader. Van een feest waar jongens en meisjes samen zijn en dansen, kan geen sprake zijn. Toch blijft Lina dromen van het feest, vooral omdat ze daar eindelijk de kans zou krijgen om in contact te komen met Robin. Dan komt haar vriendin Lotte met een plan. Lina moet gewoon stiekem naar het schoolfeest gaan! Na lang aandringen stemt ze toe. Het plan lijkt te lukken, maar als Lina opgemerkt wordt door een vriend van haar broer, loopt alles totaal uit de hand …

Een meeslepend verhaal waarin twee meisjes uit verschillende culturen elkaar beter leren kennen en samen de kracht van vriendschap en liefde ontdekken.

Wanneer Eve tegen haar zin van de stad naar het platteland verhuist, steekt alles in de nieuwe omgeving haar tegen. Ze mist haar vrienden, haar eigen kamer, de stad met al zijn drukte. In plaats daarvan krijgt ze een oud, vervallen huis in een dorp waar ze niemand kent en niets te beleven valt. Maar hoe harder Eve zich tegen het huis verzet, hoe meer het zich in haar leven wringt. Stukje bij beetje ontdekt Eve wat zich achter de bouwvallige buitenkant verschuilt. Wie is Belle en wat is er al die jaren geleden gebeurd? Het laat haar allesbehalve onberoerd. Net als de nieuwe omgeving. Tussen de werken door sluit Eve hechte vriendschappen en beleeft ze haar eerste prille liefde. Het wordt een zomer vol verbouwingen, verhalen, vriendschap en liefde.

Een meeslepend en warm verhaal over een zomer waaruit blijkt dat het leven en de liefde niet altijd zoet zijn, soms zijn ze beter zout.

⟶ *Loulou in love*

Twaalf maanden lang leef je mee met Loulou Roosenbroeck. Loulou is de dochter van een bekende tv-figuur en een modejournaliste en ze is een echte fashionista in wording. Samen met haar twee beste vriendinnen schippert ze tussen puber en vrouw-zijn, tussen sneakers en pumps. Twaalf maanden lang gevuld met grote dromen en kleine verlangens die elke tiener koestert. Loulou en haar vriendinnen volgen in oktober bijvoorbeeld een ramadandieet, proberen maandenlang Mister X te strikken (zelfs via MySpace), kijken uit naar het schoolfeest in ware Hollywoodstijl in april en delen het hele jaar hun knotsgekke avonturen, modegrillen, verliefdheden én vooral frambozen met vanillepudding.

Een wervelend en dolkomisch verhaal om van te smullen. Dit boek trekt je vanaf de eerste bladzijde mee in het dolle leven van Loulou.

Bekentenissen
van de teenage underground

Gem woont in een Australisch voorstadje waar niet veel te beleven valt, zeker niet in de zomervakantie. Samen met haar beste vriendinnen, Lo en Mira, probeert ze daar iets aan te veranderen. Op het einde van het schooljaar komt Gem op het idee om een undergroundfilm te maken. Ze is immers gek op films. Lo en Mira zijn meteen gewonnen voor het project. De film is bedoeld om hun vriendschap hechter te maken en alle sukkels op school te laten zien wie er echt cool is. Bovendien wil Gem indruk maken op de jongen op wie ze verliefd is. Maar de band tussen de drie vriendinnen begint te wankelen. Goede bedoelingen veranderen in verraad en ontgoocheling. Pas door goede films, slechte gedichten en inspirerende meesters uit het verleden (zoals Andy Warhol) ontdekt Gem wat liefde en vriendschap voor haar betekenen.

Een vlot en opwindend verhaal over drie vriendinnen die ontdekken wie ze echt zijn. Dit meidenboek speelt zich af als een heuse cultfilm.